1

成田良悟
Narita Ryohgo
插畫／森井しづき
原作／TYPE-MOON
Illustration:Morii Siduki
Original Planning:TYPE-MOON

Fate strange Fake

Kadokawa Fantastic Novel

Fate strange Fake

CONTENTS

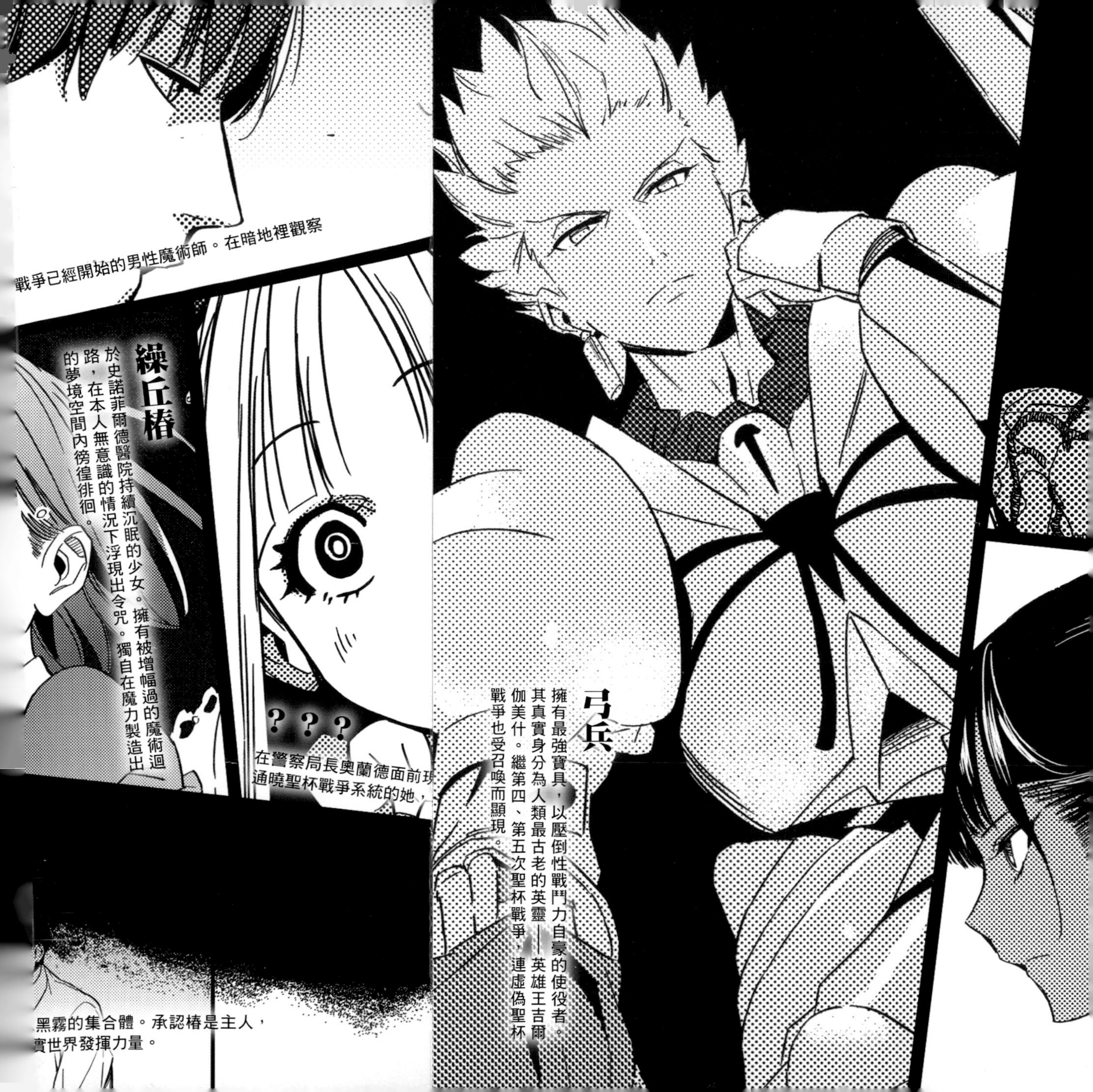
弓兵
擁有最強寶具，以壓倒性戰鬥力自豪的使役者。其真實身分為人類最古老的英靈——英雄王吉爾伽美什。繼第四、第五次聖杯戰爭，連虛偽聖杯戰爭也受召喚而顯現。
戰爭已經開始的男性魔術師。在暗地裡觀察
繰丘椿
於史諾菲爾德醫院持續沉眠的少女。擁有被增幅過的魔術迴路，在本人無意識的情況下浮現出令咒。獨自在魔力製造出的夢境空間內徬徨徘徊。
？？？
在警察局長奧蘭德面前現
通曉聖杯戰爭系統的她，
黑霧的集合體。承認椿是主人，
實世界發揮力量。

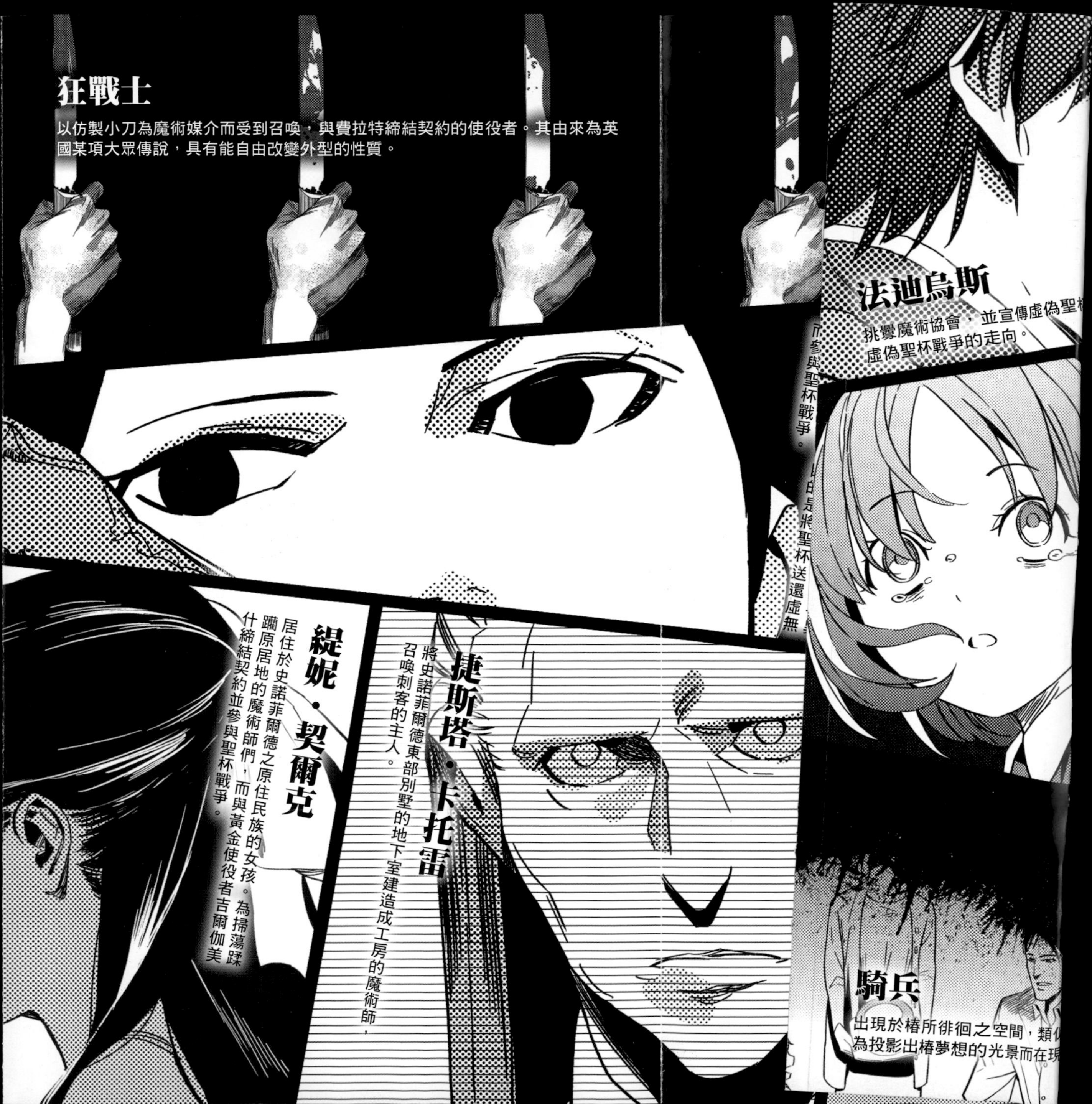
狂戰士
以仿製小刀為魔術媒介而受到召喚，與費拉特締結契約的使役者。其由來為英國某項大眾傳說，具有能自由改變外型的性質。
法迪烏斯
挑釁魔術協會，並宣傳虛偽聖
虛偽聖杯戰爭的走向。
而參與聖杯戰爭。
是將聖杯送還虛無
捷斯塔・卡托雷
將史諾菲爾德東部別墅的地下室建造成工房的魔術師，召喚刺客的主人。
緹妮・契爾克
居住於史諾菲爾德之原住民族的女孩。為掃蕩蹂躪原居地的魔術師們，而與黃金使役者吉爾伽美什締結契約並參與聖杯戰爭。
騎兵
出現於椿所徘徊之空間，類
為投影出椿夢想的光景而在現

Fate strange Fake

1

成田良悟
Narita Ryohgo
插畫／森井しづき
原作／ TYPE-MOON
Illustration:Morii Siduki
Original Planning:TYPE-MOON

Kadokawa Fantastic Novels

真實，有時會擊潰世界的虛偽。

然而，它卻無法抹消

「虛偽曾存在此處」之「真實」。

縱然借助了聖杯的力量也一樣。

餘章
「叛徒」

夾縫。

於荒野的黑暗中引人矚目的那座城市，確實是以「夾縫」形容也不為過的存在。

並非晝與夜、光與暗等「隔絕境界」，是基於站在相同立場而存在的「調和境界」。那即是這座稱為「史諾菲爾德」的城市之特色。

儘管差異沒到魔術與魔法間的程度，卻是劃分比人與野獸更異質存在的分水嶺。

換言之，就好比參雜黃昏與拂曉色彩的曖昧地界。與其說是刻意劃分，更能以參雜在一起的顏料因匯聚所醞釀出的漆黑中心點來形容。

若要舉例，則如同能讓人聯想到存在於街道與城市的境界、自然與人的境界、人與都市的境界、夢與睡眠間的曖昧泥團。

美國大陸西部。

這座存在於拉斯維加斯略微偏北位置的都市，其周圍正是由如此奇妙的平衡所構成。

北部有令人足以想到大峽谷的廣闊溪谷，西部是與乾燥區域不相稱的深邃森林，東部有寬廣的湖泊地帶，南部則是遼闊的沙漠地帶。

縱使與農地無緣，被此等性質的土地四面八方包圍，端坐中央的城市才會化為異質存在，而處於相較周遭顯得突出的狀態。
在自然與人工產物間取得平衡，放眼未來的新興都市——雖然也有人兩眼發亮地如此評論，不過現實卻是這座城市隱約可見某種比傲慢更傲慢的思想。
擴展於周圍的是形態維持最真實面貌的自然物。其夾縫——在參雜了各式色彩的中心點之中，其街道簡直像是親自成為自然調音師，化身為「黑色台座」並將周圍的森羅萬象全置於天秤衡量。
剛邁入二十世紀時，於記載上此處是除原住民族零星散布外，毫無任何其他事物的土地。然而，這裡從約六十年前開始急遽蓬勃發展，到了跨越二十一世紀的現在更是搖身一變，成為坐擁八十萬人口的都市。
「急遽蓬勃發展——雖然這種情況在任何土地均有可能發生，不過即使是這樣的城市，一但列為調查對象，自然會把目光放在懷疑其緣由上。」
身披藍黑色長袍的高齡男性如此嘀咕。
如今是彷彿即將下雨般，不見繁星一點的夜晚。
擴展於都市西側的森林地帶邊郊——老人從略顯稀疏的樹木間用雙筒望遠鏡窺視，瞧著鏡頭彼端的成群高樓大廈燈火，繼續淡淡訴說：

「不過……最近的望遠鏡還真方便吶，靠一顆按鈕就能自動對焦。就比起逐一放出使魔要來得更輕鬆而言，還真是演變成討厭的時代了呢。」

老人向駐足背後的年輕弟子搭話，他的語調似乎有點憤恨不平。

「你不這麼認為嗎，法迪烏斯？」

於是，被稱為法迪烏斯的青年，依舊倚靠在距離老人兩公尺遠的樹木邊，以飽含疑惑的音調反問：

「比起這點，請問真的有必要如此繃緊神經嗎？為了……那個什麼『聖杯戰爭』。」

——「聖杯戰爭」——

當青年講出宛若在神話時代，抑或童話故事中才會出現的單字時，他的師父從望遠鏡前挪開臉，露出愕然神情開口。

「法迪烏斯，你此話當真？」

「不……那個……」

老人面對言談不乾不脆並移開視線的弟子，邊搖頭邊吐露混雜怒氣的嘆息。

「雖然我不認為有確認的必要……但我姑且一問，關於『聖杯戰爭』你究竟理解了多少程度？」

「您事前交付的資料我全都看過了……」

「既然如此，那你應該很清楚。不論是機率如何微小的傳聞，既然定名為『聖杯』的物品有可能顯現——即使是出自小孩的閒聊，或刊載於三流雜誌的胡謅報導，我們都勢必得涉入其中。」

「那對眾多魔術師們而言是夙願，同時不過是單純的必經階段罷了。」

× ×

過去——曾有場鬥爭。

舞台為東洋的某個島國。

在這國家中僅僅只能算地方都市的地點，進行著不為人知的鬥爭。

然而，在該鬥爭內所隱藏的壓力過於驚人，圍繞著被稱作「聖杯」的奇蹟所引發的那鬥爭，即使稱為一場戰爭也確實不為過。

聖杯。

其為既是唯一同為無限的奇蹟。

其為傳說。

其為神世的殘渣。

其為終點。

其為希望——儘管追求它便是絕望的證明。

雖然聖杯這單字本身會伴隨場所、伴隨時間、伴隨不同人而改變外型，並持續受人傳頌，但在該案例中，聖杯與所謂作為「聖遺物」的聖杯在意義上有些許差異。

在該鬥爭中，據說喚作聖杯的奇蹟，是作為「能實現任何心願的願望機」顯現。

之所以用據說稱呼，是由於在爭奪該聖杯之戰爭開始的時間點，稱為「聖杯」的願望機尚不存在的緣故。

比聖杯更優先顯現的是七個「靈魂」。

在這顆星球上孕育降生的全體歷史、傳說、詛咒、虛構——從各式各樣媒介中挑選出的「英雄」靈魂，以被稱為「使役者」的存在顯現於現世。

那既是「聖杯戰爭」的骨幹，也是讓聖杯顯現之必要的絕對條件。

召喚出人類無法比擬的強力靈魂，互相摧毀彼此。

魔術師們成為各自英雄的召喚者而被稱作「主人」，圍繞在允准僅此一人才能獲得聖杯的權利卜相搏廝殺。該鬥爭正是稱為「聖杯戰爭」。
其系統為在廝殺中敗陣的靈魂會注入當作聖杯的容器，要等容器注滿後願望機才算完成。
該舞台恐怕會成為世界第一危險的蠱毒壺吧。
原本必須從世間隱匿自身存在的魔術師們，此刻卻悄悄闊步於黑暗中，暗地裡掀起戰亂烽火。
更甚者，加上為了監察名為「聖杯」之存在，而從「教會」派遣過來的監督者後，更會彰顯蠱毒壺滿是血腥味的光輝。而這蠱毒壺將被懷有壓倒性熱量的靈魂所淨化。

然後，現在——
據聞東洋的島國昔日曾五度進行「聖杯戰爭」。
與那場鬥爭中現形的事物所產生的相同徵兆，正逐漸湧現於美國的地方都市。
這種傳聞突然在魔術師間流傳開來。
就結果而言，最後演變成統率像他們一樣的魔術師們的「協會」，像這樣在暗地裡派遣一名老魔術師與其弟子調查。

×　×

「……嗯，你能理解到這種程度就已足夠。但是，法迪烏斯，既然你有此認知，那你這種敷衍的態度實在不值得欽佩。根據情況與地點不同，可能會變成『協會』整體的問題，甚至會讓那可恨的『教會』出馬。你神經再給我繃緊點。」

法迪烏斯對嚴詞訓誡自己的老師，仍舊提出懷疑性言論。

「不過，真的是在這塊土地？聖杯戰爭的系統應該是設置在艾因茲貝倫與馬奇里，以及遠坂提供的土地才對吧？難道是有人奪取了那個嗎……還遠在六十年前？」

「是啊，假如此事屬實的話……最壞的情況，這座都市本身就有可能是為了『聖杯戰爭』才建造而成。」

「怎麼可能！」

「我只是說有可能，我聽說那三個追尋『聖杯』的家族，才是為得到聖杯不擇手段。說起來，我們就連是誰打算在這座城鎮重現『聖杯戰爭』都沒掌握清楚。正因如此，即使是艾因茲貝倫或馬奇里的親戚出現我也不會驚訝……不過遠坂的親族如今待在鐘塔，所以我想應該與他們家無關。」

老魔術師持並未徹底否定三家干預此事的保留態度，目光則再次瞄準雙筒望遠鏡。

即使已超過晚間十一點，都市燈火的亮度卻幾乎沒黯淡跡象，並朝向陰霾夜空輝煌誇耀自身存在。

老魔術師持續觀察數分鐘後，打算盡快進入下個階段，因此開始準備能透過鏡片目睹靈脈流向的術式。

弟子在他背後眼見這一切，面露老實表情在老師背後提問。

「假如真的發生『聖杯戰爭』，我們『協會』和『教會』的信徒都不會坐視不管吧？」

「嗯……不過這畢竟是徵兆。雖然鐘塔的艾梅洛閣下表示地脈流動異常……若是他的弟子也罷，但以他本人的推測來說卻顯得拙劣。所以我們才會像這樣來到當地確認。」

老魔術師邊疲憊地笑著，同時陳述起自身願望。

他的音調參雜焦躁與嘲笑，或者對弟子，或者是對自己娓娓道來。

「話雖如此，若不事前準備聖杯，根本不可能召喚英靈這玩意兒。雖然在成功召喚英靈的當下，疑慮將變成確信……但我實在不希望變成這樣。」

「哎呀，您這話真令人意外。」

「就我個人而言，很希望這不過是謠言。我的真心話是假使真的有什麼東西顯現，但願也只是個贗品聖杯就好。」

「這跟剛才的話不是有矛盾嗎？您說聖杯對魔術師而言是夙願也是必經階段……」

法迪烏斯蹙眉詢問，他的老師則一臉厭惡地搖頭。

「是啊……說得對。不過，如果顯現的事物確實值得稱為真正的聖杯，那就太可恨了。竟然會在這種歷史膚淺的國家出現……儘管許多魔術師說『只要能抵達根源就好』，但我不同。我總覺得，這就像不知禮數的毛頭小子穿鞋在床鋪上亂踩似的。」

「是這樣嗎？」

弟子依然以冷淡態度應聲，老魔術師則吐露今天不曉得第幾次的嘆息後改變話題。

「不過，在與原定地點不同的土地上，究竟會召喚出怎樣的使役者……」

「完全無法預期呢。先不論刺客，關於其他五種會召喚出怎樣的使役者，就全憑召喚者了。」

聽到法迪烏斯的答覆，他的老師絲毫不掩飾焦躁地編織斥責言詞。

「喂，扣除刺客外還有六名，不久前你自己才講出有七名使役者吧！給我振作點！」

受召喚來參與聖杯戰爭的英靈，各自將被賦予不同職階。

劍兵。

弓兵。

槍兵。

騎兵。

魔法師。

刺客。

狂戰士。

受召喚的英靈作為符合各自特性的存在而顯現於世，並更加鍛鍊己身職業。就好比劍之英雄即成為劍兵，使槍之英雄則成為槍兵。

由於廝殺剛開始不久時，彼此宣告真名形同暴露自身弱點與能力，因此通常會利用賦予彼此的職階名稱來推進戰況。此外，根據不同職階，運用於鬥爭方面的技能也多少會產生差異。例如魔法師的「製作結界能力」與刺客的「遮蔽氣息」能力即在此範疇。

換言之，他們彼此宛如不同特性的西洋棋子。

此為棋子僅一顆，而且還是不合規定的混戰西洋棋。端看身為棋手的主人之力量，任何棋子皆有控制棋局的機會。

如此這般，竟然會說錯足以稱為聖杯戰爭中比常識更常識的部分，老師原本打算感嘆不肖弟子，然而——

男子身為被斥責的那方，卻面無表情。

他並非將老師的話當作微不足道的耳邊風，但也不見反省神色，只是淡漠地編織言詞。

「不對，就只有六柱。朗格爾先生。」

「……什麼？」

一股冰冷的不協調感剎那間竄上老魔術師朗格爾的背脊。

畢竟法迪烏斯還是第一次用名字稱呼自己。

或許此刻是該對弟子怒吼「開什麼玩笑」的情況，不過法迪烏斯冷若冰霜的視線卻制止自己這麼做。

相對於沉默的老師，男子蠢動起淡漠且面無表情的臉孔，隨即指出老師口中的某項「錯誤」。

「曾在日本引發的聖杯戰爭，其職階根據規則確實有七柱。但是，本城鎮的情況卻是六柱。據聞在鬥爭中應當最能發揮力量的『劍兵』職階……在這場虛偽的『聖杯戰爭』中並不存在。」

「你……在說什麼？」

脊柱發出嘎吱聲。

從遍布渾身上下的魔術迴路與普通神經乃至血管的一切，均響徹足以貫穿朗格爾雙耳，一股超越不協調感的「警報聲」。

弟子——至少直到數分鐘前仍是弟子的男子，每朝自己踏出一步即以消弭情感的嗓音編織出自身話語。

「馬奇里與艾因茲貝倫跟遠坂，他們創造出的系統實在美妙，也因此不可能完美複製。雖然我原本打算以完美複製的狀態展開聖杯戰爭，但為了模仿系統而參考的第三次聖杯戰爭卻狀況連連，真受不了。」

看上去明顯年僅二十五歲左右的青年，簡直親眼目睹般論述起超過六十年前的事。

隨後，才想說對方流露的表情冷不防沾染險峻色彩，他就以拉扯嘴角邊絲線般扭曲的神態，淡漠傾吐自己的情感。

「雖然您稱呼我們國家『年輕』，正因為如此您才應該記清楚，老先生。」

「……什麼？」

「記住，不該太小看年輕的國家。」

嘎吱、嘎吱、嘎唧、嘎吱、嘎唧、嘎吱、嘎唧、嘎吱。

朗格爾全身骨頭與肌肉皆嘎吱作響，其理由究竟來自警戒，抑或憤怒。

「你這小子……難道不是法迪烏斯……嗎？」

「我確實是法迪烏斯。說起來，我倒是不曾在您面前展現過姓名以外的真實。無論如何，直到今天為止的這個瞬間，您都讓我學到許多有關『協會』的知識。關於這方面，首先我應該先表述謝辭。」

「……」

經年累月累積身為魔術師經驗的朗格爾，對於眼前該名男子的認知，頓時由「弟子」切換為「敵人」。

儘管朗格爾面對這名算長時間相處過的男子，已經開啟視對方態度也可能在下個瞬間殺死他的開關——話雖如此，朗格爾渾身依然持續鳴響警報。

朗格爾理應確認過他身為魔術師的技巧。

他看上去也不像有隱藏實力，憑藉自己長期與協會間諜往來的經驗亦足以確信這點。

但是，這些經驗全都告訴自己如今的處境相當危險，此事千真萬確。

「換言之，從你在我面前立志說想當魔術師的瞬間開始，就已經是外部組織潛入協會的間諜了嗎？」

「外部組織……嗎？」

法迪烏斯溢出彷彿具有黏性的聲音，打算指正對方的誤解。

「雖然不論是協會或教會，都認為策劃這場聖杯戰爭的是不隸屬協會的異端魔術集團……真是的，為何他們總是……不，還是算了。」

法迪烏斯彷彿早已無言以對般，向前踏出一步。

即使朗格爾感受不到殺氣或敵意，但對方確實打算對自己設圈套。朗格爾摩擦牙齒發出嘎吱聲，他流暢地挪動身體重心，藉此完成應付對手行動的布局。

「……可別小看我，毛頭小子。」

同時，儘管朗格爾於腦髓內擬定先下手為強的策略，下定決心以魔術師身分置身鬥爭中——

但當他如此思考的那刻，其實就與敗北無異。

在進行魔術師的相互蒙騙之時，朗格爾就已經敗給眼前的男人了——

「我沒小看您。」

青年冷漠嘀咕，畢竟他從最初就沒打算籌謀魔術戰。

「因此，我會全力以赴。」

法迪烏斯如此嘀咕的同時，他的手點燃曾幾何時冒出的打火機，理應空蕩蕩的手裡卻倏地握住一根雪茄。

雖然看上去像物體招致，卻感受不到魔力流動。

男子面對露出困惑表情的朗格爾淡然一笑——他露出與迄今為止截然不同，發自真心的微笑後叼起雪茄。

「呵呵，這只是戲法，不是魔術。」

「……？」

「啊，對了對了，我們不是魔術師集團，請別見怪。」

男子以絲毫不見任何緊張感的態度嘟噥，同時替雪茄點火。

「我們是隸屬合眾國的組織，只是其中部分人剛好是魔術師罷了。」

朗格爾耳聞男子的話，僅沉默數秒後便開口。

——「原來如此。那麼，那根廉價雪茄跟你全力以赴又有什麼關係？」

當朗格爾還想替魔力構成爭取時間，因而打算如此開口的瞬間——

老魔術師的側腦杓被射進了微弱衝擊，一切就在該瞬間劃下句點。

砰一聲的沉重破裂聲響起。

輕易打穿老翁頭蓋骨的子彈，鉛體伴隨減速四散，燒盡腦髓之海同時跳躍遨遊。

那顆並未貫穿的子彈在腦髓中反覆扭曲彈跳，老翁的身體頓時停止活動。

接著——老翁分明呈現一眼望去顯然早已斃命的狀態，卻仍有數十發子彈以乘勝追擊的形式再度射來。

方向並非來自同一處，足以見得是配合發射間隔，來自超過十處的狙擊。

這是明顯的過度殺戮，是執拗的破壞。

老邁軀體宛如配合饒舌樂起舞的操線木偶，無力的四肢緩緩抬起。

「感謝您滑稽的舞蹈。」

朗格爾以赤紅飛沫為背景，發出喀啦喀啦聲地迴轉起舞。法迪烏斯在那具活力充沛的殘骸前，緩緩鼓掌並編織出讚美言詞。

「您看上去年輕了三十歲呢，朗格爾先生。」

數分鐘後——

法迪烏斯於倒臥血泊中的老師面前文風不動。

然而，周遭的森林蔓延著與前一刻截然不同的氛圍。

身穿迷彩服的男子們，於法迪烏斯背後的森林以數十人為單位散開。

該「部隊」一致配戴漆黑的露眼面罩，他們手中均拿著設計粗俗卻精密的黑色物體——也就是附有消音器的突擊步槍。

男子們別說表情，甚至無法判斷他們的人種，其中一人走近法迪烏斯身旁，端正姿勢後邊向他敬禮邊開口：

「報告，周圍沒有異樣。」

「辛苦了。」

法迪烏斯與部屬的態度成反比，以柔和語氣回應對方。

他緩緩走近老魔術師的遺體，臉上掛起淺薄微笑的同時俯視屍體。

接著，他沒回頭就對位於身後的部屬們說道：

「那麼……因為你們不太了解何為魔術師，請容我稍作解釋。」

原本在他周圍散開的軍裝男子，曾幾何時已整齊列隊，不發一語地聆聽法迪烏斯的話。

「魔術師並非魔法師。沒必要將他們想像成童話故事或神話般的人物……我想想，你們頂多想像成日本製的動畫片或好萊塢電影就夠了。」

青年在曾是老師的肉塊面前蹲踞，徒手抓住部分屍體後將其摘起。

儘管是令人毛骨悚然的景象，但不僅沒人指責，甚至沒人蹙一下眉頭。

「只要去殺就會死，物理攻擊也多半奏效。雖然其中還有能靠蠢動的水銀禮裝抵禦數千發散彈的實力者，或將意識轉移至寄生體內的蟲好苟延殘喘的魔人——不過，反正前者無法抵禦反坦克步槍，後者只要被導彈直接命中，也幾乎確定斃命。」

男子的發言或許被視作玩笑話，原本面無表情的迷彩服男子間開始擴散失笑聲。

然而——聽聞他下一句發言後，失笑聲便戛然而止。

「說到例外……自然是像這個人一樣，根本就不在現場的情況。」

「……請問這是什麼意思，法迪烏斯閣下。」

法迪烏斯對語氣生硬的其中一名部屬，邊笑邊拋出屍體的一部分。

部屬面不改色地接住屍體，凝視起他認為不過是指尖一部分的肉塊，隨後大喊：

「……怎——！」

受燈光照射的肉塊斷面確實鮮紅，也的確露出白骨。

但是，卻有項決定性的差異。

肉塊與骨頭的縫隙間，露出好幾條類似光纖的透明纖維，即使在眼下，依然猶如線蟲般令人毛骨悚然地蠢動。

「應該稱為義肢嗎？總之就是人偶。畢竟朗格爾先生是老謀深算的諜報人員，他不是會讓本體跑來這種地方的蠢蛋。如今他的本體大概在協會某處的分部，或者在自己工房裡倉徨失措地大吼大叫呢。」

「人偶……？怎麼可能！」

「哎呀，雖然他的技術實在不得了，但還是無法徹底抹消不協調感，利用老翁外表隱藏不自然的部分想必很方便。對了對了，比他技術更高超的女性魔術師製作的人偶，不僅與本體絲毫無異……聽說甚至連ＤＮＡ鑑定都能通過喔。」

雖然法迪烏斯講得彷彿事不關己，但部屬們卻一邊疑惑蹙眉，同時對身為長官的男子陳述意見。

「既然如此，那剛才的對話不就全洩漏出去了嗎？」

「無所謂，都在我的預期內。」

「啊……？」

「我之所以刻意說些不合常理的『帶到陰曹地府的伴手禮』，目的是要將這些話傳達給『協會』。」

法迪烏斯在虛假的肉塊與血泊上仰望夜空，眺望起開始降下濛濛細雨的漆黑天空，隨即心滿意足地輕聲說道。

「因為，這是以我們的方式……獻給魔術師們警告與宣傳。」

然後以此日，以此瞬間為開端——

人類與英靈們在虛偽聖杯這座舞台起舞的饗宴就此揭幕。

序章 I
「弓兵」

結果那名男子無論如何，終究還是魔術師——

然而，卻也終究沉滯。

虛偽聖杯戰爭。

即使理解該儀式是東洋島國所舉辦的儀式之贗品，他仍舊對此事實嗤之以鼻。

——無聊。

——不論是否為模仿，只要結果一樣就沒問題。

若是尊貴的魔術師，想必不會仰賴他人創造的系統，而會如同策劃聖杯戰爭的那三家一樣，想親自創建這項系統，而他的情況則是直截了當地選擇盲從別人準備好的道路。雖然這種作法也不失為某種富有合理性的思考模式。

面對從最初就以「贗品」形式舉行的聖杯戰爭，他可說是比任何人都更認真，也比任何人都更充滿幹勁。

換句話說，他從最開始就有所覺悟才來到這座城鎮。

最早聽到傳聞時，他不過當成單純的謠傳一笑置之，但經由朗格爾傳達的第一手消息卻動搖協會，這股震動透過許多魔術師也傳進了他耳裡。

儘管他出身於還算名聞遐邇的魔術師家系，但那股力量卻開始緩緩走下坡，致使身為現任當家的他備感壓力。

即使身懷豐富理論與聰明才智和技術，卻只有魔術師家系所累積起來的純粹「力量」顯得缺乏，這種狀態使他更加焦慮。

正常來說，他應該鑽研那股力量的技術，連同魔術刻印一併讓某個更有資質的子孫繼承。

但是，他很焦急。

因為他清楚確認到自己孩子的魔術素養更加低落。

身為魔術師的素養逐漸稀薄，最後終於與魔術世界絕緣的家系同樣為數相當多。

——少開玩笑了。

——若變成馬奇里那樣，絕對敬謝不敏。

協會也類似一般企業，與許多組織有所牽扯。

假如要獲得讓子孫綿延不絕的手段，首先必須成為足夠強盛的魔術師血統。

暴露於如此矛盾下的男子，雖身為魔術師，卻同樣有著不成熟之處。

他將一切賭在或許是虛偽的聖杯戰爭上，在這座名為史諾菲爾德的城鎮裡，在名為聖杯戰爭的牌桌上，押上所有籌碼。

不論是財產、過去，甚至未來。

——沒問題，一切都會順利。

為表示自己的覺悟，他已經剷除毫無前景的兒子。

也解決掉制止自己的妻子。

他對無法讓家族香火鼎盛的女人沒有留戀。

只是身為魔術師的矜持沒能被她理解，使他多少感到震驚。

正因為她是那種女人，才會生出如此缺乏素質的兒子。

不過，那名女人是目前自己所能得手的「等級」上限。

想加倍提昇自己的地位，就只能贏得這場戰爭。

即使聖杯是贗品，只要能在定名為「聖杯戰爭」的儀式中戰勝到底，光憑這點也足夠提昇身為魔術師的優勢。想必在戰鬥過程中，也能獲得通往「根源」道路的線索。

或者，有可能摸清艾因茲貝倫與馬奇里的技術。

不論結果為何，聖杯戰爭都能提昇自己身為魔術師的等級。

這是何其划算的賭博。

畢竟他再不濟也能確實拿回超過賭注的籌碼。

即使他在腦中如此描繪林林總總的利益——卻未曾考慮過關於自己就此敗北，家系徹底斷絕的可能性。

但是，他不去考慮也具備充分理由。

他有勝算。

至少是值得剷除自己兒子的勝算。

——不過……這就是令咒嗎？跟聽說的花紋有點不同。

男子如此思忖的同時望向自己右手，宛若看見自己剛出生的孩子般，露出疼惜的笑容將右手貼在臉上。

這片令人聯想到封閉鎖鏈的刺青，正如同是被選為聖杯戰爭主人的證明。

——但是，既然這玩意兒寄宿在我身上……

——代表我被承認！就是我！成為主人了！

——也就是說，我將成為那名英靈的主人！

男子邊說邊平靜地將目光投向置於身旁的布包——

然後，他再次笑了。

笑了，又笑，再笑。

位於史諾菲爾德北部的遼闊大溪谷。

距離赤紅岩壁綿延不絕的溪谷較近的山岳地帶，有座洞窟存在。

這裡原本是座天然洞窟，但目前卻以施加驅離人類的結界為首，呈現魔術師創造出的「工房」狀態來運作。

魔術師在油燈照明下，平靜地拿起布包，再小心翼翼拿出布包內的物品。

那是——一把鑰匙。

不過，若單純視為鑰匙卻又是多少讓人忌憚的物品。

該鑰匙的裝飾實在過於繁雜，甚至有等同求生刀的長度與重量。

任何一顆點綴鑰匙的寶石，不論在魔術方面、金錢方面均被視為擁有莫大價值。

——在過往的聖杯戰爭中，聽說「那玩意兒」是被蛇的化石召喚出來……

——若是這件遺物，想必能更確實地召喚出「那玩意兒」。

即使是昔日——是在他的家系仍保有力量之時，他依然會像如今的自己，賭上一切好得到鑰匙，藉此尋求某樣事物。

據說那裝滿了世間萬物，為黃金鄉的寶物殿。這把鑰匙肯定是用來開啟，位處那縹緲傳說深處的門扉。

他並非對財寶感興趣。只是，想必在這堆寶物中也祕藏著一切魔術性的寶具。

最後前人能證明的部分也僅只於鑰匙是真品，以結果而言，仍舊沒能找到寶庫。儘管鑰匙本身似乎還有尚未解析的魔力，但眼下這點跟自己沒半點關係。

自己渴望獲得的英靈遺物，不僅能成為對召喚而言最棒的觸媒，也能更確實獲得自己期盼的英靈。

——時機成熟。

——那就開始吧。

當他平靜起身後——他的笑容倏地消失，忘卻所有情感與盤算，讓全體意識集中在自己即將面臨的儀式。

使感覺更加敏銳地統合於一點，遮蔽一切不必要階段的官能。

與神經和血管不同，遍布體內各處不可見的迴路。

他一邊在迴路中感受依然不可見的熱水奔竄的感覺——

男子同時吐露的召喚詞句既是獻給自己的祝詞，也是獻給萬象天秤的詛咒。

數分鐘後——

他在自己的人生與這場鬥爭賭上的諸多代價。

還有，他不斷堅持的魔術師家系。

全在一瞬間，僅在一瞬間。

在區區數秒的交易下，他的存在即乾脆成就迎向終焉的結果。

×　　×

「成功了……哈哈、哈哈哈哈哈！我成功啦！」

魔術師瞧見於眼前現身的「那玩意兒」，不禁吐露這番言論。

他甚至不必確認對方的真名。

打從最開始，他就清楚理解自己究竟召喚到何者。

只有喜悅的笑聲一個勁兒地從喉嚨湧出，雖僅僅數秒，但他卻沒理會召喚出的英靈。

儘管英靈臉上浮現明顯不悅的神色，仍行使著自己身為受召喚而來的英靈之義務。

話雖如此，被召喚來的英靈是否有將這點視為「義務」頗值得懷疑。

「……回答我，你是明知傲慢也要仰仗王之光輝的魔術師嗎？」

金黃色的頭髮，金黃色的鎧甲。

外觀極為奢華的使役者，以居高臨下的姿態對自己問話。

不過，提問的內容卻不禁掃了他的興，他一邊實際感受存在於眼前的絕對性「力量」，同時略微湧現一股焦躁。

——區區使役者還自以為了不起！

儘管身為魔術師的自尊心戰勝對方帶來的壓迫感，但在感受過自己右手耀眼令咒的抽痛後，他再度回歸冷靜。

——……好吧，看在這位英雄的性質上，會有這種態度也是無可厚非。

既然如此，自己必須在最開始就讓對方清楚了解。

了解到在這場戰爭中，主人是自己，以使役者身分顯現的英靈不過是道具罷了。

——沒錯，正是如此。我才是你這傢伙的主人。

為了邊展現令咒邊答覆對方，他伸出右臂——

接著他才察覺到，那隻右手已經消失。

「……咦？啊？」

難以言喻的愚昧叫喊聲響徹洞窟內。

雖然沒流半滴血，但直到剛才為止還在的右手卻確實消失不見。

他驚慌失措地將右手腕舉到眼前，燒焦的臭味刺激著鼻腔。

手腕的斷面不僅冒煙，他的右手是被燒斷的也一目了然。

認知到此事的瞬間，疼痛的電流傳導至脊髓與大腦——

「咿嘎……唧咿嘎啊啊啊啊啊啊啊啊啊啊！啊啊啊啊啊啊啊啊啊啊啊啊啊啊！」

哀號——哀號——壓倒性的，哀號。

魔術師響徹宛如巨大昆蟲鳴叫般的聲慘叫，金色英靈對此則顯得百無聊賴地開口：

「怎麼，你是小丑嗎？既然如此，那就該發出更華麗的哀號來取悅我。」

這名使役者眉頭不動分毫卻依然擺出驕傲姿態。看來他的右手之所以消失，似乎並非英靈動的手。

「咿啊、咿啊、咿啊啊啊啊啊啊！」

魔術師的理性面臨超越理解範疇的情況，險些差點崩潰——但他身為魔術師，其腦髓自當不允許崩潰，於是他強制穩定自己的精神，立刻重整態勢。

——有誰在……結界裡！

——我竟然會如此粗心！

原本化為工房的洞窟，當有人進來時就應該能察覺到對方的氣息。然而，由於此人鑽進召喚使役者這種決定性空隙，洞窟內布滿英靈的魔力而混淆視聽，才會沒注意到有人進來。

不過，他應該有鋪設不少配合結界的陷阱才對。陷阱似乎沒發動，如果入侵者是在解除那些陷阱後才進入洞窟，得以推測對方是相當大意不得的對手。

他一邊以殘存的左手組織魔術結構，同時朝傳出氣息的方向，也就是朝通往洞窟外的道路大喊。

「是誰！怎麼穿過我的結界的！」

於是——在下個瞬間，洞窟的暗處傳出聲響。

不過，該聲音並非答覆魔術師，而是訴說給金色使役者聽的言詞。

「恕我冒昧……請允許此身出現在偉大的王面前。」

被搭話的使役者發出「嗯」一聲，經過思考後，依然表現出傲慢態度。

「好，我賜予妳謁見我身姿的榮譽。」

「……榮幸至極。」

那聲音充滿清脆的純潔感，還兼具拒絕一切般缺乏情感的色彩。

隨後從岩石陰影處現身的——其嗓音原本就給人相當年輕的印象，本人比聲音更年輕幾歲——是名年約十二歲的少女，在她褐色肌膚上披落飽含光澤的黑色秀髮。

她身穿符合深閨佳麗這形容詞，毫不粗俗的華美禮服。儘管這套服裝更襯托出她端正的臉龐，但從她的表情卻感受不到與之相稱的華美。

她僅僅以莊嚴且畢恭畢敬的態度踏進工房一步，對祭台上的英靈莊重一鞠躬後，絲毫不介意裙襬會沾到泥土而下跪。

「什……」

形同遭到徹底無視的魔術師，在無法估量眼前少女力量的情況下，甚至無法對此表達憤怒，只好將怒火嚥回喉嚨深處。

英靈將少女恭敬的態度視為天經地義，只將視線轉向她，並擠出充滿份量的言詞。

「沒讓雜種的血飛濺到我眼前這點值得讚許。不過，關於不值啖食的肉味飄到我面前的理由，妳若有何辯解就儘管說吧。」

少女僅一瞬間瞥向魔術師，接著維持跪姿對英靈申訴。

「恕我冒昧，甚至不等王的裁決……便擅自懲處盜取寶庫鑰匙的賊人。」

少女邊說──邊在自己面前放置一份肉塊。

該肉塊的確是直至前一刻為止仍屬魔術師一部分的物體，透過令咒連結與英靈間形成魔力通道的接合部位──換言之，就是魔術師的右手。

金色英雄對少女的話「嗯」一聲，隨後望向自己腳邊，再拿起置於台座上的一把鑰匙──接著了然無趣地丟掉。

「就為這種鑰匙嗎？無聊。畢竟我的庭院不存在會染指我財寶的宵小之輩。儘管命人打造，卻沒必要用上才棄之一旁罷了。」

「……唔！」

對其舉止感受到衝擊的，是為遮蔽右手腕疼痛而嘀咕咒文的魔術師。

他祖先賭上一切所追尋的「寶庫」鑰匙。

那項對魔術師家系而言，甚至足以稱為唯一榮耀的偉業，竟像垃圾般被拋棄。而且，還是理應被自己視作奴隸或道具對待的使役者拋棄。

由於他過度憤慨，以至於右手的疼痛甚至不必詠唱咒文便減緩許多。

但是——褐色肌膚的少女猶如乘勝追擊般，僅扭動頸項轉向魔術師，以充滿威壓與憐憫的嗓音對他說道：

「如果這就是王的意圖，那我也沒打算繼續和你拚個你死我活。還請你退出。」

「什……」

「如此一來，我便不至於取你性命。」

「————————」

魔術師的意識於剎那間即被輕易支配。

從自身體內泉湧而出的憤怒支配魔術迴路，他甚至無法發出一言一語，就讓聚集在左手上的魔力失控。

集所有詛咒與熱度和衝擊於一身的漆黑光球，來勢洶洶地彷彿要吞沒少女臉龐般撕裂空間

——隨即奔馳、馳騁、飛奔。

連喘口氣的空間都沒有，魔力洪流即作勢要沖走少女。

然而，結果卻沒成功。

「【　　　　　　　　　　　　　　　　　　　　　】」

無聲的詠唱。

少女邊開口，邊無聲地於自身體內組織魔術結構。

但是，龐大的魔力頓時在少女與魔術師間湧出。

簡直宛如壓縮詛咒至極限，因此抵達無聲境界的壓倒性詠唱。

最後的瞬間——魔術師看見了。

於少女面前現身，可能達自己身高兩倍的火焰巨顎，輕易吞噬自己釋放的魔力——

——不對。

這是他最後浮現的詞彙。

究竟是朝何者吐露「不對」這詞彙，對方甚至不給他思考的閒暇。

——不對……不、不對……不該這樣。

即使自己死去，家系也能延續。身為魔術師的他至少希望自己能這麼想……但他卻想起，自己早在前幾天就親手葬送家系的繼承人。

——不對！不對！難道我……要在這裡……死去……？不對、不對……

——不對不對不對不————————

然後，魔術師的身影消逝。

他在自己的人生與這場鬥爭賭上諸多代價。

還有，他不斷堅持的魔術師家系。

全在一瞬間，僅在一瞬間。

在區區數秒的爭鬥下，他的存在便乾脆成為被火焰吞噬的結果。

「讓您見識難堪的場面了。」

明明才剛殺死一個人，少女卻處之泰然地垂首。

即使金色使役者送出不怎麼感興趣的視線，卻依然提起她剛才使用的魔術。

「原來如此，我不在的這段期間，是你們支配這塊土地嗎？」

剛才的魔術並非借助她體內直接湧出的魔力。

恐怕是利用這塊土地的靈脈所行使的魔術。

少女彷彿肯定這點似的，在此初次流露表情，她維持臉朝下的姿勢，以某種蘊含寂寥感的音調答覆。

「並非支配，而是共存……誠如您所推測，若走出史諾菲爾德這塊土地，我們一族不過是普通人罷了。」

「雜種不過是雜種，是否會魔術稱不上有所差別。」

少女沒駁斥半句他那對自己以外的一切均平等視之的傲慢言論。

她的右手已經轉印原本在魔術師右手上的令咒。

英靈確認著魔力洪流由魔術師轉而來自少女，不改威風八面的態度，同時仍舊一臉百無聊賴

——卻無比坦然地斬釘截鐵問道。

「那我重新問過一遍。妳是明知傲慢也要仰仗王之光輝的魔術師嗎？」

金色的英靈。

被譽為英雄中的英雄，王中之王的存在——

少女對他強而有力地頷首，並再次飽含敬意地一鞠躬。

×　×

「……我並非想追尋聖杯。」

少女沿途邁向洞窟外，同時沉靜地編織言詞。

少女自稱「緹妮．契爾克」，她獲得黃金使役者而得以參加聖杯戰爭。

然而，她卻吐露自己並非想追尋聖杯這種甚至足以稱為矛盾的言論，隨後她將話峰轉往更加詳細陳述其本意的方向。

「我想驅逐挑選這塊土地當作舉行虛偽聖杯戰爭的地點，打算蹂躪一切的魔術師……我等夙願僅只如此。」

面對乾脆輕聲陳述「想摧毀這場聖杯戰爭」的少女，該名金色英靈——在備有六種的職階中，再度以弓兵職階顯現於此時代的「王」，回以不太感興趣的言論。

「我也對聖杯之類的不感興趣。若是真品就對想掠奪我財寶的不肖之輩予以懲罰，若是贗品就直接誅殺舉行這場儀式之徒即可。」

「感激不盡。」

少女道謝完畢後，繼續描述關於他們的來歷。

「這個史諾菲爾德，是從一千年前就與我們部族共存的土地……是從來自東方降伏這個國家的人們，從其暴政手中堅守的土地。對此，政府部分人竟和被稱作魔術師的一群人聯手……不滿七十年便徹底蹂躪這塊土地。」

少女陳述的言詞間交織悲傷與憤怒，英靈卻似乎對此不抱持特別感慨。

「無聊。不論誰趁勢崛起，所有土地終將歸落我的庭院。雜種在庭院引發紛爭，原本應該置之不理即可……若來者是打算掠奪我財寶之徒就另當別論。」

少女面對這名從頭到尾只考慮自己的男人，究竟在想些什麼呢？

她並未感到不快，也非對此愕然。

對方舉手投足皆充滿王者風範，想必他正因此被認定為王者。

少女僅一瞬間對他這份傲慢抱持類似羨慕的情感，接著她重新打起精神踏出洞窟外。

在洞窟外等待他們的是——數十甚至數百名的黑衣男女。

人群中有許多同少女般擁有褐色肌膚的人，但其中也能看見白人與黑人。

這批散發的氛圍顯然不怎麼正派的龐大集團，坐滿好幾輛車來到溪谷山麓，呈現團團包圍洞窟的狀態。

他們看向從洞窟出來的少女，與駐足其身旁充滿威嚇感的男子——人群當場一齊下跪，對少女與「英靈」表示敬佩之意。

「這些傢伙是什麼人？」

王淡然詢問，緹妮自己同樣下跪後答覆。

「……是我們部族的倖存者，為了對抗魔術師們而在城鎮中創建的組織裡的人。我身為父親的繼承者，才因此被選為總代表參戰。」

「哦。」

眾多人類群齊崇敬自己，並對自己跪拜。金色之王或許是想起自身肉體尚存時的景象，他瞇細雙眼，稍微改變對少女的認知。

「雖說同為群雜種，但他們似乎挺景仰妳呢。」

「在王的威光前能聽您這麼說，我除深感惶恐外，別無他想。」

「難怪你們打算借助我的威勢，看來是做好相當的覺悟才來迎接這場戰爭。」

「……」

儘管理應是該光榮受領的言詞，少女卻感到不安。

原因出在即使眼前的「王」如此訴說，依然絲毫不掩飾他似乎感到很無趣。

接著，她的不安幾乎算在下個瞬間徹底命中，英靈平淡編織出言詞。

「不過，這終究是虛假的台座。即使有我以外的狐群狗黨被引誘進這場戰爭也沒什麼，那種人物不論制裁多少，都無法排遣鬱悶。」

說時遲那時快，他不知從何處拿出一罐小瓶子。

根據看見該瞬間的黑衣人事後描述，說是「空氣扭曲，接著有罐小瓶直接落入英靈手裡」。

施加過美麗裝飾的瓶子，卻無法分辨是何種素材。或是陶器或是玻璃，光滑表面呈現剔透的半透明，因此得以看見內部晃盪著某種液體。

「既是兒戲就只要有兒戲程度，輕鬆應付足以，根本無需我認真。在值得我認真應付的敵人出現前，我就稍微改變外觀吧。」

當他如此嘀咕後便準備打開瓶蓋，打算一飲而盡時——

就在此瞬間——

與其稱為偶然，不如說只像是某種命運產生作用，才能有如此精準的時機——

大地，鳴響。

【————————】

「！」

不僅緹妮，連她麾下的黑衣集團也群齊仰望天空。

從遠處的聽到的，是震撼天地的巨大咆哮。

然而，那卻是以咆哮而言過分美麗的音色，簡直猶如巨大天使，或是大地直接唱起搖籃曲般的音色。

儘管如此，仍舊能分辨出該聲音來自遠方——也就是從史諾菲爾德西部的遼闊森林傳出。

甚至無視物理法則的鳴動，使緹妮能確信某件事。

這道聲響既是代表孕育出某種事物的產聲——

而對方恐怕也是某位無比強悍的使役者。

另一方面，弓兵同樣因為那道聲響而靜止不動。

拿著瓶子打算就口的手停下動作，金色之王的臉孔此刻才初次浮現出強烈情感。

假使是昔日就認識他的人看見這副表情，或許會震驚地表示「簡直罕見至極」。儘管這位「王中之王」衝動易怒，絕非常保泰然自若之人——然而，他又是否流露過此等表情呢？

「這聲音……難道說——」

從他眼底浮現的是驚訝、焦躁、困惑，以及——感動。

「……是你嗎？」

緹妮看見英靈如此嘀咕的神態，僅一瞬間，她察覺到他身為王者的威壓感因此撼動。

但是——在下個瞬間，弓兵身為王者的傲慢威壓回歸臉上，並一個勁兒地放聲發出響徹雲霄的高亢笑聲。

然後，當一陣笑聲結束後——

「哈……竟有此妙事！這般偶然的重逢，也應該視作我身為王的證明來歌頌才是！」

前一刻百無聊賴的神色簡直像在騙人，他的臉上滿溢歡喜與英氣。

「雜種小姑娘！高興吧，看來這場戰鬥似乎值得我拿出真本事！」

英雄之王暢言不像他風格的言論，同時彷彿想掏空肺部般變得多話。

「能了結在那廣場的決鬥也不失為一種樂趣……不，假如那傢伙作為狂戰士顯現，或者……不，還是別說了，也免得要逐一特准雜種洗耳恭聽。」

即使他興高采烈，依然不減半點身為王的威嚴，邊輕笑邊凝視咆哮的震源，再向跪於一旁的緹妮搭話。

「抬起頭，緹妮。」

突然被喊到名字的緹妮，驚訝的同時照對方所言抬頭。

接著，前一刻還在王手裡的小瓶子被丟到緹妮手上。

「這是返老還童的祕藥。雖然以妳的年紀來說無需使用，不過這藥對如今的我已經沒必要。妳就心懷感激地受領吧。」

「啊……？遵、遵命！」

少女因吃驚瞪大雙眼，弓兵僅略微瞥她一眼，隨後以充滿威嚴的音調說道：

「既然妳要當我的臣下，我就先命妳辦一件事。」

另一方面，弓兵雖然不再看她，卻以愉悅至極的音調賜下他身為王的御旨。

「既然妳是幼童就有點幼童的樣子。既然妳還不懂何為萬物真理，那就只要讓目中閃耀我身為王的威光即可。」

或許這番話參雜諷刺，但確實是十分強而有力的言詞。

原本為一族捨棄感情的少女，因為英靈的話受到些許震撼。

正因為她拋開自身情感，才能打從心底敬佩眼前的男子——同時，少女仍無法使眼中閃耀光輝，因此她僅充滿歉意地垂首。

「我盡力而為。」

如此這般，一組使役者與主人便躍然投身戰事。
英雄王吉爾伽美什，與土地遭到掠奪的少女。
他們在縱然知曉這是場虛偽聖杯戰爭的情況下，依然貫徹自己的主張並賭上一切。
自此瞬間，王與少女君臨。
為了替這場只有虛偽的戰事，重新粉刷上名為自己的那毫無虛偽的真實。
王的戰事，就此揭幕。

序章Ⅱ
「狂戰士」

英國　倫敦某處

鐘塔。

此單字通常被理解為倫敦的觀光名勝。

然而，在魔術師間卻成為擁有截然不同意義的單字。

鐘塔既是統率眾多魔術師們的「協會」心臟，同時也是培育尚還年輕的魔術師們的最高學府。

既是可稱作魔術師大本營的地點，甚至是能與英國本身歷史比肩齊步的地點，過去輩出眾多優秀魔術師——他們各自醞釀嶄新歷史，提高魔術整體的格調。

「Fuck……」

從那座鐘塔引以為豪的「最高學府」校舍，響徹與嚴謹印象甚為不符的詞彙。

「你是那個吧，一言以蔽之就是白痴。」

最初揚起罵聲的是披著一頭長髮，年約三十歲的男子。

紅色大衣上方垂落黃色肩帶，男子顯然露出相當不愉快的表情，他似乎正在對眼前的年輕人提出某種勸告。

不過另一方面，年輕人卻一臉絕望——

「怎麼這樣！請您至少用兩個單字形容！」

並回以前言不接後語的答覆。

「既是笨蛋又是白痴，除此之外沒別的好形容。」

年輕人繼續糾纏露出不滿表情嘀咕的男子。

「不，我無論如何都想參加，教授！參加在美國開始的聖杯戰爭！」

「就因為你在走廊上公然講出這單字，我才說你是白痴！真受不了……你從哪裡得知這件事？我不會說這算重要機密，但至少不是像你這種拙劣的毛頭小子能知道的事！」

被稱為教授的男子一邊確認周遭沒任何人在，同時憤恨地扯起年輕人的頭。

他既是這所魔術師們的最高學府的教授，也是被稱為「艾梅洛閣下二世」的人物。雖然他似乎另有本名，但認識他的人全滿懷敬意地稱呼他為艾梅洛閣下二世。

他不僅年輕，同時還被譽為鐘塔最優秀的教師，受過其教導而離巢的學生們，不論何者皆成為優秀魔術師並在世界舞台大展長才，分別均在魔術師間留下諸多功績。

因此他集結魔術師們尊敬的心意於一身，而被冠上「超凡教授」、「大師V」、「大笨鐘☆倫敦之星」及「機密魔術師」等眾多外號。

雖然他似乎對自己毫無功績，只有弟子逐漸光輝閃耀風采感到焦躁——

他現在之所以焦躁不堪，原因出自身為現役學生的青年。

對這道從哪裡得知「聖杯戰爭」的疑問，青年居然露出滿不在乎的表情答說：

「昨天在地下講堂，教授不是和協會幹部的人在開會嗎？朗格爾先生就是那位遠近馳名的人偶師吧？我還是第一次親眼看見！」

聽過青年的話後，艾梅洛原本就已經頗為焦躁的表情更蒙上陰影，但他依然保持冷靜地朝自己學生顏面來記天魔爪。

「為、什、麼，你會知道那場會議的內容？」

「呃，因為我有點在意就跑去偷聽了。」

「那可是極機密的報告會議喔！不是下了好幾層的結界嗎！」

青年面對吾師男子的追問，滿臉歉意地撇開目光答覆。

「是啊，那個，我是覺得不太好，但就是很在意……」

然後，青年彷彿想蒙混過去般陪笑，並握緊拳頭說道：

「我試著駭進房間的結界，結果很順利！」

——沉默。

在魔術方面使用名叫「駭進」的單字，不僅這名青年，他偶爾也會在年輕學生間聽到。雖然該行為實際上與駭(hacking)或劊(cracking)都沒關係，簡言之就是「穿越結界，在沒人發覺的情況下旁聽會議內容」。

費拉特．厄斯克德司。

他不僅是艾梅洛閣下二世教室內的學生，同時也是最資深的一位。

在他還年幼時就成為艾梅洛的學生，卻無法從鐘塔畢業而度過好幾年光陰。

若要找一個單字代表他，確實只會讓人想到艾梅洛責罵的詞彙。

然而，若要用更多的詞彙來描述他——想必以「雖然魔術技術與才華深不見底，身為魔術『師』的某些更重要的部分卻彷彿取而代之地遺落在某處」來形容正可謂貼切。

他生於居住地中海的魔術師家系，是厄斯克德司家的長男，昔日雖以無人能出其右的魔術迴路與控制該迴路的才華而備受期待——

但無可奈何的是，先不論他的魔術，其性格卻與魔術師恰恰相反，實在過於少根筋。

他原本以受萬眾期待的神童身分拜師其他教授，結果卻讓眾多教師胃痛，結果最終只好對艾梅洛閣下二世說「只有你能教」便將他丟過來。

在那之後數年，他在魔術才華方面漂亮追過其他學生並持續成長。正因為其他教師辦不到，大師V才會如此聲名大噪。

不過，由於他累積太多其他問題，致使目前還未能從鐘塔畢業。

那些原本棄之不理也無所謂的問題，卻因艾梅洛閣下二世表示「豈能半吊子地放手」的嚴謹態度才繼續管教他，但此次該選擇卻讓自己後悔莫及。

「所謂有才華的笨蛋，實在很難應付啊……」

大師V超越憤怒，吐露出的音色宛如某種昇華到開悟境界的僧侶，但他卻仍舊板著一張臉，輕拍起自己學生的肩膀並跟對方說道：

「剛才的話我就當做沒聽到，所以你就別繼續干擾我安穩的生活了。」

「我不會替教授添麻煩，只是您看嘛，不是應該有什麼召喚英雄的道具嗎？我只是不曉得該怎麼得到那東西！拿著拿破崙的肖像畫就能召喚出拿破崙嗎！有皇帝出馬的話，不就是最強的嗎！」

「我若是拿破崙的英靈，在締結契約前就會先槍斃你！」

儘管艾梅洛閣下二世曾考慮直接落跑，但他對聖杯戰爭似乎有些想法，因此以略微嚴肅的音調重新問道：

「……費拉特，我說你……為什麼想尋求聖杯？我實在不認為你是會追尋魔術性根源的魔術師性格。難道是因為想畢業嗎？你該不會是想讓老是不讓你畢業的我覺得出奇不意吧？」

但是面對這問題，費拉特卻吐出徹底超乎對方預料的答案。

「因為我想看！」

「……你說什麼？」

「因為聽起來不是超帥的嗎！聖杯耶！不僅是那位希特勒與戈倍爾為了第三帝國才追尋，甚至是那位秦國的始皇帝與信長跟哥●拉也追尋的珍品！如果真的存在，任誰都會想見識一下吧！」

「不是戈倍爾，是戈培爾。還有哥吉●根本沒想要聖杯。信長跟始皇帝我是不清楚，但他們的時代跟文化背景感覺很不協調。」

艾梅洛僅指摘出無關痛癢的錯誤，然後便陷入沉默。

費拉特原本以為會被教授怒罵回來，因此膽顫心驚地等待教授下一句話——最後教授卻平靜嘆息，吐露出溫和勸說般的聲音。

「你理解所謂魔術師間的鬥爭是怎麼回事嗎？不僅會面臨比死還淒慘的下場，甚至可能在沒有任何成就的情況下被殘酷殺害。」

「聖杯就是在大家都做好這種覺悟下仍追尋的事物吧！這下豈不是讓人更想看嗎！」

儘管教授很想對乾脆答覆的青年怒吼說「給我想清楚」，但——

——或許這小子即使想清楚，也會給出相同答案。

教授臻至此項真理，於是便朝不同方面提問。

「你只為這種理由，就做好殺死對手的覺悟了嗎？」

「唔……譬如不殺人就獲勝的方法……例如靠西洋棋定輸贏等等……」

「是啊，你還真厲害！如果對手是西洋棋世界冠軍，可能就會答應你！想必比西洋棋拳擊也行呢！」

「……這是道難題呢。畢竟我非常想見識其他英雄，若可以也希望和他們變得要好！假如能跟六位英雄成為朋友，對魔術師來說不是很厲害嗎！就連征服世界也不是白日夢！」

艾梅洛聽到費拉特這番絲毫不把對方放在眼裡，甚至半途就徹底偏離主旨的話後，便完全陷入沉默。

然而艾梅洛既沒怒吼也沒驚愕。

他僅僅將手撐在下顎，暫時思索著什麼——

最後總算震驚地回過神。

「……當然是不行。」

語畢便冷漠推開費拉特。

「等、等等，別這樣啦，拜託您嘛，教授！不，是大笨鐘☆倫敦之星！」

「少給我在本人面前提那外號！而且一般人會什麼不好選，偏偏選這個外號嗎？你根本是瞧不起我吧，你絕對是瞧不起我吧！」

「還請您通融一下！我會替教授新想個讓您大吃一驚的外號！我想想喔，對了，『絕對領域魔術師老師』之類的！」

「去死！給我在永遠無法畢業的情況下去死！」

× ×

被冷漠以對的費拉特，結果明顯消沉地在學府內徘徊。他看上去實在不像滿二十歲的青年，邊在嘴裡嘀咕著「失落失落」邊走下漫長的樓梯。

接著——

「啊，你來得正好。」

待在樓下的女性對他如此搭話。

該名女性是鐘塔的事務員，手裡捧著大量郵件——與一個小包裹。

「這是寄給你那邊那位教授的包裹，能幫我交給他嗎？」

如此一來，費拉特就必須幫忙交送包裹，收件人是前一刻才單方面推開他的大師V。

——嗚嗚，教授還在生氣嗎？

當費拉特邊消極地想像邊攀爬漫長階梯時——他頓時在意起盒子的內容物，於是就利用透視魔術進行確認。

那是彷彿用於某種儀式般，造型相當不祥的短劍。

下個瞬間，他以爐火純青的透視能力看到刻在刀刃上的名稱後，全身籠罩在電流奔竄的感覺下。

——這把刀……難道說！

——教授……！為了我？

徹底自顧自產生誤會的少年，抱著盒子開始拔腿狂奔。

雖然盒中刻有許多文字，但全是自己無法解讀的文字。內容恐怕是寫著關於異國的魔術方面的解釋吧。

但是，比起解讀文字內容，他選擇先專心一意在校舍內奔跑。

×　　×

「真受不了……你又來了嗎？」

艾梅洛閣下二世看見費拉特在走廊奔馳的模樣，露出一臉明顯厭惡的表情，但費拉特卻舉起小包裹，講出與聖杯戰爭無緣的話。

「教授……這……這……這個包裹……給……給我！」

或許是全力狂奔超過一百公尺的距離，急遽陷入氧氣不足狀態的費拉特，氣喘吁吁地遞出盒子。

另一方面，教授心想發生什麼事而望向盒子——接著瞧見寫在上頭的地址與包裝紙的標記後，說出「對了」後頷首詢問。

「對了，這東西是……怎麼，你很想要這個嗎？」

青年耳聞此問後，宛如搖滾樂手甩頭般拚命點頭。

「好吧，想要就給你吧，反正對我來說沒用處。」

聽到教授的答覆後，費拉特臉上浮現有生以來最耀眼的表情。

「非常感謝您！真的……真的非常感謝您！我、我能成為教授的徒弟真是太好了！」

艾梅洛閣下二世眺望起淚眼盈眶並跑掉的徒弟後，愕然嘀咕道：

「真是的，這傢伙簡直跟我年輕時完全相反。他恐怕是用透視看過內容……裡面有放什麼他這麼想要的東西嗎？」

數分鐘後——

艾梅洛閣下二世回到個人房後想起不肖弟子的事，同時將視線移向位於房間深處的櫃子。

駐足鎖有物理性與魔術性兩道枷鎖的櫃子前，艾梅洛閣下二世慎重解鎖，並拿出櫃子內的物品。

那是收納於特殊保管箱的一塊布料。

布料看上去有相當年代，想必那塊徹底腐朽的料子已經毫無實用性。

然而，從布料比房間裡的各式物品都更為妥善保管一事看來，該布料並非普通破布的事實便得以證實。

「率領其他使役者，去征服世界啊……」

想起方才費拉特的戲言後，他維持蹙眉神情扭曲嘴角。

「沒想到，竟然會從我的弟子口中聽到如此愚蠢卻令人懷念的話。」

接著，他以某種蘊含鄉愁的眼神凝視箱中布料，並喃喃自語。

「無論如何都無法阻止他的話，我甚至想過把這玩意兒交給他，我應該感激不必這麼做就解決了嗎？」

艾梅洛依然蹙眉卻吐露放心的氣息，邊闔起蓋子邊思索起自己交給弟子的包裹。

「雖然我也沒資格這麼說，但這種把私人包裹托別人交送的系統實在值得檢討，雖然也不算什麼特別要緊的東西就是。」

「算了，無論如何，既然那種贈品就能讓他忘記聖杯戰爭也算不錯。」

數個月前——

教授在個人房愉快地玩過基於興趣才接觸的日本製遊戲後，會仔細填寫遊戲軟體包裝內附的問卷調查表。

他特地貼上昂貴郵票以航空郵件投遞，或許是這份稀有性奏效的緣故，房間內塞滿各式問卷調查表抽中的相關商品。

說起來，其實他對這些商品幾乎不感興趣，純粹出於想對遊戲反應意見的想法，才會不斷寄送問卷調查表。

接著，數個月後——

遇到真正想得到的商品就會直接下訂購買的他，看見小包裏上寫有日本廠商的名稱後，判斷「大概又是平常那些特典商品」，便在沒開封的情況下直接送給眼神閃耀光輝，同時不斷緊逼而來的費拉特。

誠如他所判斷，包裹正是平常那些與遊戲相關的贈品。

他從廠商名稱推斷，包裹內容大概是以機器人為主體的遊戲的可動模型，不過——

實際上，遊戲是名叫「大英帝國 Night Wars」的模擬遊戲。

而那份特典商品則是——

×　　×

數日後　史諾菲爾德市　中央公園

此刻是頭上頂著璀璨豔陽的午後。

費拉特甚至沒好好打包行李就跑去搭飛機，直接飛至美國本土。

雖然他粗略調查過關於聖杯戰爭的資訊，但細節部分卻絲毫沒能清楚理解。
處於此種情況下的費拉特，實在充滿太多論及參加資格前的問題。
但如今的他卻滿心歡喜地凝視自己右手上浮現的花紋。
「這東西好帥啊，令咒是用了就會消失嗎？」
費拉特頻頻磨蹭右手並時而嘟噥——但下個瞬間，他卻脫力地垂落肩膀。
「好像會消失耶。好，那我絕對不使用令咒！」
他究竟如何看穿令咒「用了就會消失」的系統，若有「聖杯戰爭」的相關人在場，肯定會揪住他刨根究底地問清楚。
但走運的是，周遭看上去只有普通的親子檔。
費拉特繼續凝望令咒好一陣子後，打開拿在手裡的布包。
從布包內出現的是，一柄小刀。
是柄造型不祥且以黑紅相間為基調的低劣趣味小刀。
即使未開鋒，其光澤卻給人非比尋常的高級感。
「不過，還真該感謝教授呢。不論他原先怎麼說，結果還是特地為我準備了這麼帥的遺物！」
費拉特從盒中拿出小刀後，不僅沒察覺到自己的誤會，不如說，甚至在更加深誤會的情況下踏上這片土地。

然後——不得了的是，聖杯竟然選擇了他，參加聖杯戰爭資格的令咒也棲宿其身。

只是跟前一刻相同，他交互對照小刀與令咒的同時，仍偶爾不停嘟噥。

經過約三十分鐘後——

那座公園中發生某件讓其他令咒持有者們曉得後可能會昏厥的事。

此事正可謂奇蹟，假如他的老師艾梅洛閣下二世在場，總之會先給他來上三記膝撞，再焦躁地獻上稱讚。

他所成就的事不知該稱為奇蹟或偶然，或者理由實則來自他自身的才華。無論如何，此事就某種意義而言，對這場虛偽聖杯戰爭甚至足以稱為極大的屈辱。

只不過，能察覺到這點的，也僅只於費拉特本人。

『我問你，你是召喚我的主人嗎？』

「是、是的？」

由於響起的嗓音實在過於爽快，費拉特不禁站起身並環視周遭。

不過，周圍僅能看見親子檔或情侶闊步，怎樣都找不到剛才出聲的人。

『剛才的答覆我能視為肯定嗎？那就算完成契約了。同為追求聖杯者，讓我們好好相處吧。』

「咦？咦咦？」

儘管他的腦袋上下左右劇烈轉動，仍找不到類似出聲之人的身影。

聲音來源不顧青年陷入混亂，僅僅繼續訴說：

『竟然……沒有祭壇，就在眾人環視中進行使役者的召喚，成為我主人者還真是膽識過人！……不，慢著……既然沒有祭壇，難道也沒有召喚的咒文嗎？』

「這、這個嘛……不好意思，在我利用魔力流動四處把玩時……然後，好像就『不小心連上』了。呃，實在很不好意思，居然用這種召喚方式。」

『嗯……無所謂，這表示你也算是相當優秀的魔術師。』

看來類似使役者存在的聲音，似乎是從自己腦內響起。

費拉特一邊在自己體內透過令咒確認魔力流向「何處」，同時誠惶誠恐地對自己腦內搭話。

「請、請問……看來我……不對，是在下好像錯過感動的時刻了……使役者全都是這種感覺嗎？」

『不，我比較特殊。你不必太在意。』

使役者的聲音聽來比想像中直率，但奇妙的是，雖頗有紳士格調，卻感受不到任何具體來歷。

『不管怎麼說，我確實沒有所謂的「來歷」。我的身影與外型，既可說是千變萬化——也可能稱為空無一物。』

對方是男是女，是老人是幼童，是哪行哪業的人，通常都會透過聲音有所表現，但直接響徹腦海的聲音卻驚人地缺乏特色，因此他有種在跟無臉怪物對話的感覺。

「請問……方便請教尊姓大名嗎？」

費拉特忽然嘗試提問。

假如自己手中那柄刀的由來屬實，對方的身分應該如自己想像才對。

不過，費拉特腦中的聲音，無論如何都與他想像中的「英靈？」印象不一致。

腦中出現「英靈？」這想法，是因為費拉特也知道那並非是會稱為「英雄」一類的存在。

然而——若在英國製的電影或小說都有上市的國家裡，此人幾乎無人不知無人不曉。說起來，其知名度雖低於夏洛克．福爾摩斯或亞森．羅蘋——但跟他們不同，他是過去的確實際存在的人物。

費拉特的提問不知為何沒能獲得解答，當他不安地游移視線時——

有名身穿以黑色為基調服飾的高大男人，不經意闖入他的視野內。

「啊，你願意顯現了嗎！」

「你在說什麼？」

費拉特看見男子露出疑惑表情後，「啊」的一聲頓時臉色鐵青。

對方理所當然會穿黑衣。

腰際配掛手槍的警官，正露出嚴厲表情俯視坐在噴水池畔的自己。

「你這握著小刀自言自語的可疑傢伙。」

「不、不是！那個！不是你想的那樣！」

儘管費拉特驚慌失措地打算辯解——

「嚇你一跳嗎？」

語畢，眼前警官的態度突然變得溫和，再讓費拉特拿著他手裡的警棍。

雖然質感與真正的警棍無異——但其質量卻突然從費拉特手裡消失。

當費拉特訝異地注視前方時，原本理應在此的警官卻不見蹤影，取而代之是身穿煽情服飾的女性隻身駐足。

然後，那名女性維持女聲，用與前一刻腦中響起的人聲如出一轍的口吻說道：

「我只是想在自我介紹前，先讓你理解我的特性罷了。」

「咦？咦？奇怪？」

女性的身影在更顯驚訝的費拉特面前，一瞬間便消失無蹤——

『抱歉，嚇著你了，我的主人。我想實際讓你看過比較快。』

聲音再次響徹腦中。

周遭的親子團似乎有好幾人瞥見這「異常」景象的一角，有人揉眼有人側首，還有孩子說：

「媽媽，剛才的警察叔叔變成女生後消失了。」結果卻被父母笑。

片刻前的情況，只要看過眼前殘留的高跟鞋足跡後，就能明白剛才目睹的人並非產生幻覺。

困惑的普通人離去後——真相再次得以揭曉。

『那麼，請容我重新自我介紹。我的真名是——』

費拉特奮力嚥下一口唾液，繼續等對方開口。

他很清楚這位使役者的真實身分。只是，真名對那道「傳說」而言，有著截然不同的重要意義。

他滿懷期待地持續等待，對方的聲音隨即於腦海響徹。

但使役者的答覆，在不同意義上帶來令他吃驚的結果。

『老實說，我也不曉得。』

「喂！」

青年不禁半彎著腰起身，接著卻發覺即使起身也沒有能揪住衣領的人，只好羞愧地環視周遭後坐回原位。

聲音的主人沒理會表露醜態的青年，依然以感受不到感情或特徵的方式描述自己的來歷。

『若有知道我本名的人——恐怕並非從傳說，而是和真實的我……或是阻止過我行凶的人而已吧。』

×　×

費拉特拿的小刀並非實際的遺物，不過是複製品罷了。

不過，若侷限那名英靈而論的話——

甚至可說是，因為是以大眾為取向所製作出的複製品，才能吸引更強悍的靈魂。

這名使役者雖沒有名字，然而，卻有確實存在於這世界的證據。

但是，任何人都未能知曉他的真實身分。

就連外貌、真實姓名、是男是女——

不，結果連是否為人類都不得而知。

身為恐懼象徵而讓全世界陷入恐慌，甚至性別不明的「他」，最後經過許多人之手而被想像成千奇百種模樣，且不斷記述在眾多故事與論文中。

或為醫生。
或為教師。
或為貴族。
或為妓女。
或為肉販。
或為惡魔。
或為怨念。
或為陰謀。
或為瘋狂。

說起來，人們不僅無法確定「他」是否為一個人，甚至利用恐懼來自由描繪其存在——讓他昇華為一項「傳說」。

但是，他並非單純的傳說，而是確實存在的人物。

不如說，對長期在「鐘塔」度日的費拉特而言，他或許算存在於更近距離的傳說。

只有存在的證據，任誰都一清二楚。

殘留於倫敦中被稱為白教堂一帶的——

五名妓女慘絕人寰的屍體，這項最強而有力的證據。

『不過，人們會如此稱呼我，我在信件上自稱的名號倒是切實存在。』

『也就是——開膛手傑克。』

×　　×

數個月前——

說到艾梅洛閣下二世玩過的名叫「大英帝國 Night Wars」的遊戲——

當他透過網購買遊戲軟體時，還以為肯定是描寫英國傳說中騎士們打仗的模擬遊戲。

然而用日文片假名寫下的 Night（註：日文 Night 片假名同 Knight）代表的意義卻是「夜晚」，這款遊戲是以某個實際存在的人物為主角，與潛藏自身體內的另一個瘋狂的自己戰鬥，並徬徨徘徊於倫敦的夜晚，然後逐漸被捲進魔物們的戰爭的冒險遊戲。

儘管與原本預期的遊戲截然不同，但他還是確實玩到破關，再以「標題品味很難懂」為首，正確列舉出他所能想到的意見。

他忽然看到問卷調查表的明信片背後，確實寫有關於中選後會獲得的獎品細節。

「將從回答問卷調查表的人之中抽出一百位，贈送『刻有開膛手傑克姓名的小刀』複製品！（未開鋒）。」

——開膛手傑克哪可能刻名字在小刀上。

他嗤之以鼻，並對獎品本身失去興趣，只是淡然列舉出對遊戲的評價。

甚至在不知道那張問卷調查表的明信片，往後會招致何種結果的情況下——

× ×

接著，數個月後——

費拉特依然坐在公園的噴水池畔，繼續與腦中的「某人」對話。

他似乎只耗費微乎其微的時間就習慣此等狀況，以相當自然的態度跟腦中聲音對話。

「換句話說，你那『不是任何人』的情況，正是造就你『能夠成為任何人』的能力的理由嗎……」

『是啊，不過你運氣很好。假如我以其他職階顯現，可能就會占據你的身體並瘋狂地……總之，先讓這座公園化為血海吧。』

「咦……」

對方的話聽上去實在不像玩笑，於是費拉特不禁望向周遭親子檔的臉孔。是魔術師的話，照理應會冒出「魔術師的存在不能公諸於世」等其他憂心的念頭，但他卻基於不像魔術師的理由而得以迴避該情況，並為此安心。

「請、請問……話說回來，你的職階是什麼？是刺客嗎？」

『喔，抱歉我還沒提過。我的職階是狂戰士。』

「咦？」

聽聞對方的答案，費拉特更陷混亂。

雖然僅表面工夫，但他好歹稍微調查過關於聖杯戰爭的資訊。

只是，論及狂戰士的職階，應該是以失去理智而發揮力量為特色的職階才對。

或許傑克感受到費拉特的疑惑，於是開始平淡陳述起自己與職階的關聯。

『因為我是作為瘋狂的象徵才誕生的傳說，瘋狂可說是與我波長唯一吻合的職階。』

「這樣啊……意思是就是負負得正吧！」

若是普通的魔術師……不，若是普通人，任誰都會指摘說「有可能這麼湊巧嗎？」的部分，費拉特卻輕易接受。

這點似乎反而嚇到傑克，隨後他在腦內嗯一聲低吟，接著講出類似補充的話。

『嗯，假如我是轉移實際存在的人類精神的使役者，就不會這樣了吧。不過，正因為我以名為瘋狂的記號象徵誕生，才能成為強行闖過這關的奇蹟吧。又或者，這場聖杯戰爭本身可能就是某種特殊儀式。』

「哦～使役者果然很厲害呢！」

聽見青年依然爽快的答覆，使役者產生一抹不安而改變話題。

『話說回來，剛才我變成警官的模樣時——為何你沒用催眠術……沒打算用魔術性暗示來突圍？那對魔術師來說，是基本中的基本吧。』

「咦？……呃，但是，我想說誤會還是非解開不可嘛。」

『你到底是不是優秀的魔術師，我忽然開始覺得不安了。』

或許費拉特是為腦中迴盪的聲音感到尷尬，這次換他迅速轉移話題。

「話說回來，如果找到聖杯，你會許什麼願望？」

『嗯……我想還是應該告訴主人比較好……但拜託你別笑我。』

神智清醒的狂戰士稍加猶豫後，答覆主人的疑問。

『……就是，是誰殺死白教堂一帶的五名妓女——也就是，我到底是誰。我只是想知道這點而已。』

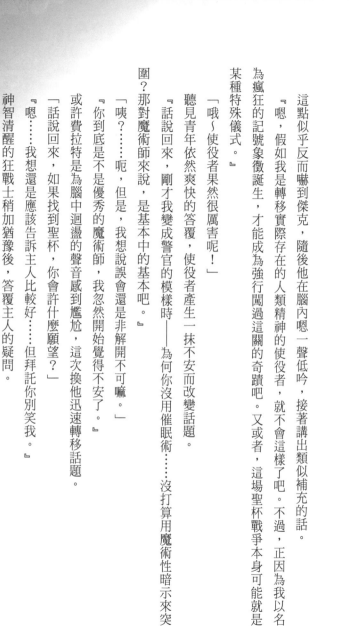

「到底是誰……」

『我不過是傳說，並非真實。但是，在不曉得自己是誰的情況下，只憑藉從人們編出的故事與考究來改變自己的容貌，實在是件非常恐怖的事。對擁有肉身、擁有名字、擁有過去的你來說，大概很難理解吧。』

使役者以老實的音色訴說。

想知道自己的真實身分。

這番話聽起來可能很奇妙，但對這名使役者而言，恐怕就是他的一切。

青年稍微思考過後，老實提出自己想到的疑問。

「那麼，知道真實身分後你要怎麼辦？例如，往後在不是聖杯戰爭的地方被誰召喚時……那個，你是要以模仿自己真實身分的形式顯現嗎？」

『或許如此吧。雖然以結果而言，我依然是別人這點並無改變，但畢竟是以我是殺人魔為前提所口耳相傳的傳說。假如我能成為實際存在的傳說，想必就能更加接近真實。』

聽到使役者以某種寂寥嗓音吐露的話語——

不懂得觀察氣氛的青年，直截了當反應出自己的意見。

「我覺得如果是那樣的話，才會變得不像自己。」

輕而易舉地——青年十分輕描淡寫表達的言詞，使他腦內迴盪使役者似乎很訝異的氣息。

『……你是不是常被人說很不會觀察氣氛？』

「啊哈哈，我是很常被人這麼說！非常感謝你！」

『又不是在讚美你……不，還是算了，反正我們以後也不會再聊這話題了。但是……真虧你居然會想到要召喚我。我既沒媲美英雄們的能力，還欠缺身為人類的倫理觀。』

若要稱為常識性，也確實是相當常識性的提問。

先不論就開膛手傑克本人而言，這麼問是否很奇怪，但照常理想，只會讓人猶豫不決的人物以使役者的身分被召喚出來——

對此，青年僅僅用輕描淡寫的言詞說道：

「我倒是很喜歡呢，像你這種真實身分不明的謎樣怪人。」

『……』

「因為這不是很帥嗎！而且你現在感覺像個好人，真是太好了！」

青年縱使有魔術天分，身為魔術師必備的性情卻很稀薄。

若論及他唯一像魔術師的性情——

即是他的感受性與普通人有些許不同。

再說，若要以最大限度爽快接受，也能說他充分具備名為好奇心旺盛這種魔術師素養。

到底該如何接納青年的答覆呢——

原本理應僅存在瘋狂與凶殘的使役者，以略微積極的語調涉入戰事。

『那麼，主人啊，首先你打算如何行動？只要有我的能力在，就有辦法入侵任何地方，甚至直接擊潰敵方主人！不過我打算照你下的指示行動就是。』

聽到使役者充滿幹勁的一番話，身為主人的魔術師，臉上依然掛著不像魔術師該有的清爽微笑。

「既然天氣晴朗，總之就先來曬太陽吧。很暖和又超舒服。」

『什……！』

就這樣——不知悲劇為何物的青年，與只會醞釀悲劇的惡靈展開旅程。

共同點僅只一項。

他們彼此皆為距離聖杯戰爭的理念最遙遠的存在。

如此而已。

序章Ⅲ
「刺客」

在某個國家，有某個信仰篤定的人物。

只有這樣，就只有這樣而已。

信仰篤定者基於那份脫離常軌的信仰心，而被人們蔑稱為「狂信者」。

偏偏連崇拜同一名神的人們都同樣吐露輕蔑言論。

不過，狂信者卻不憎恨人。

因為自己之所以受人輕蔑，是因為還不成熟的緣故。

是自己的信仰心還不足夠，如此而已。

狂信者更加逼迫自我。

追尋先人們引發的奇蹟，並重現這一切。

但是，還不夠。

還徹底不夠。

彷彿是世界對狂信者如此不斷吶喊般。

於是所有信徒皆開始避忌狂信者。

——還不夠。

——還不夠。

——還不夠。

結果，這名狂信者毫無成就，僅僅作為狂信者而生，在連殉教都不被允許的情況下，虛度毫無作為的人生後就此消失無蹤。

縱然即使如此，狂信者依然不憎恨世界。

只是對不成熟的自己感到羞愧，並再度投身信仰的漩渦中。

狂信者沒有恨意，僅僅是怨懟異教神。

此人正是一個常人難以挽救的狂信者。

不過僅只如此而已。

此事理應就此結束才對。

——直到虛偽的聖杯，選定這名狂信者的瞬間。

× ×

夜晚　史諾菲爾德東部　湖沼地帶

位於都市東部的湖沼地帶，有好幾處零星分布的清澈湖泊。

湖泊與湖泊間散布無數沼澤，還圍滿縫隙般的道路，猶如要填補兩者之間。

儘管在環繞都市四周的土地中算是開發較為先進的區域，即使如此，也頂多是有幾處釣場與休閒別墅的程度而已。

在此等別墅地的一區——

蓋有一棟鋪設結界且格外偌大的別墅，呈現普通人類即使察覺到也不會去「在意」這棟建築物的狀態。

這棟絕不能稱為品味好的建築物，以蓋在西部湖岸的簡易旅館而言，黑與灰色基調的設計實在有些過於哥德風。

然後——

屋子的地下室有幾名魔術師，如今正好是結束召喚儀式的時刻。

顯現安然成功。

剩下只需要對使役者提出的「問題」給予肯定答覆，契約就算締結完成。

不過——

——很奇怪。

這名召喚使役者的魔術師，捷斯塔．卡托雷露出疑惑神情緊盯著英靈。

他周圍有約十名魔術師弟子。

而且，該圓環中心還有一道身影散發出明顯異於人與魔術師的氣息。

釋放出比任何人都深邃，卻純粹的威嚇感的是——

身披漆黑長袍的一名「女性」。

感覺她雖然相當年輕，但由於臉朝地板垂下致使難以辨別長相。

然而，捷斯塔此刻早已感受到強烈的不協調感。

——我召喚的應該是刺客的英靈才對。

成為英靈們容器的職階通常完全無法選擇。

但是，卻有例外。

刺客與狂戰士的職階，基於某種特殊性質，有可能透過詠唱或事前準備等手段來任意召喚。

然後，捷斯塔則遵循這項規則，召喚了「刺客」的職階。

冠有刺客位階的使役者，依然有基於其性質而只有一種英雄會受到召喚，這種約定俗成的情況存在，於眼前顯現的人物，乍看下確實是那位英靈，但——

——我聽說他應該是戴白色骷髏面具才對……

定名為刺客的英靈，清一色皆會披上漆黑長袍，並戴上一枚隱藏臉孔的骷髏面具。捷斯塔事前搜集到的情報也已經查證此事。

不過，眼前這名穿黑衣的女性，不僅沒戴白面具，甚至暴露在能從漆黑長袍間窺探其真面目的狀態下。

——既然如此，由我這邊提問些什麼會比較好嗎……

捷斯塔是初次實際體驗聖杯戰爭。再說，這次不同於原本的聖杯戰爭，只是贗品。與日本舉行的聖杯戰爭相比，究竟會產生何種差異也令人難以想像。

再者，即使走到眼下階段，身為本次聖杯戰爭「主辦人」的人物卻仍未浮出檯面，這點實在令人毛骨悚然。既然能設置規模如此宏大的儀式，應該能朝與艾因茲貝倫名號同樣響亮的家系方面推測，但直至目前為止，卻還沒能感受到這類魔術師的氣息。

對方若非相當擅於隱藏，想必就是決定在某處作壁上觀——

捷斯塔將各種疑問壓抑在內心，並持續等待眼前的使役者有所動作。

於是——黑衣女子緩緩抬頭，其眼眸中倒映著捷斯塔的身影。

「我問你……」

她流露如同自身釋放的威嚇感般，何其深邃而黑暗，卻又無比清澈，彷若能直接透視最深處般的強烈目光。

魔術師不禁發出「哦」的一聲，他邊淺笑邊持續等待對方開口。

「你是……為了得到聖杯……而召喚我的魔術師嗎……？」

從她嘴裡緩緩組織出一道穿透過纏繞在嘴邊的黑衣，細若蚊吟的音色。

捷斯塔因總算對自己提出的疑問感到心安，同時露出自信十足的表情邁開一步，敞開雙臂打算迎接她而說道。

「是啊，妳說得沒錯。我就是——」

【……妄想心音（zabaniyah）……】

伴隨女子低喃的同時，時間靜止了。

咚嘶一聲，捷斯塔察覺到某種事物觸碰到自己胸口，於是他不禁低頭。

——怎麼回事？

接著——某種紅色的物體伸長至自身胸前，然後他察覺到那物體抓住了某種同樣赤紅的物體，接著才注意到該物體是自己的心臟——

捷斯塔沒能抬起低垂的頭，身體就此倒臥於地板上。

「什……！」

魔術師弟子們看見不再動彈的主人，全都明顯驚慌失措，並被眼前的事態發展嚇到瞪大雙眼。

女子背後唐突出現第三隻紅色手臂——呈一直線伸長到該主人的魔術師身上，還想說那隻手一瞬間就觸摸到對方胸膛時——

令人難以置信，那隻紅色手裡竟然出現一顆心臟，並奮力捏碎。

魔術師們混亂吶喊，其視線同時反覆來往於倒地不動的主人與女子間。

「妳、妳這傢伙！」

「對捷斯塔大人做了什麼？」

「妳不是使役者嗎？」

見習魔術師們異口同聲吐露恐懼音色，各自握緊手裡的武器，並急遽收束魔力。

黑衣女子面無表情地眺望他們的模樣，只講出一句話。

她依然以幾乎不可聞的音量低語。

「我等的神……並未持有聖杯……」

不知是否有聽到她的話，手裡握住應該有特殊能力的短刀的男子無聲跳躍，打算將刀刃刺進女子後背。

剎那——

嘎唧一聲，在這濕漉漉的怪聲響起後，女子的肩膀即變形扭曲。

以異常角度繞到背後的左手，溫柔撫摸男子的腦袋——

【……空想電腦(zabaniyah)……】

下個瞬間，男子的頭顱宛如化身炸彈，在他的身體響徹激烈爆炸聲後伴隨火焰四散。

那道衝擊聲與閃光，使魔術師的弟子們因恐懼蜷縮身軀。

僅僅一瞬間就有兩人倒地——證明眼前的女子無疑是使役者，也是他們窮於應付的存在。

「要排除……異端的魔術師……」

她依然以細若蚊吟的聲音嘟噥，同時露出不見任何動作的數秒空檔。

此舉看上去，猶如等待弟子們解除備戰架勢並盡快逃跑——但弟子們卻沒選擇這條路，而是選擇一齊往後跳，與女子拉開距離後朝她灌注魔力。

但是，目睹此景的黑衣使役者露出彷彿感到憐憫般，亦足以視為寂寥的眼神並搖頭——

儘管如此，卻說出毫不留情且強而有力的詞彙。

【……夢想髓液（zabaniyah）……】

接著——沉默造訪房間內。

待在黑衣使役者周圍的，是魔術師們的屍骸。

打算對她解放魔力的人們，不知為何居然自行燒毀身體並倒臥於地板上。

究竟發生什麼事，唯一知曉真相的使役者無聲跑上階梯。

她的身姿化為靈體，成為任誰均無以見得的狀態——

明明沒有頭緒，卻懷抱著一項明確的目標而奔馳於黑夜。

× ×

狂信者追尋的是證明。

僅僅是自己確實為信仰者，也能被稱作神之信徒的證明。

追尋這點本身即代表自己還不成熟一事，她得在遙遠的將來才能察覺。

當「她」還年輕時，為了得到一個名號作為信仰之證明而苦心修煉。

為了獲得身為信仰之徒首領證明的那個名號，她非得獲得甚至堪稱奇蹟的力量。

不過，那份奇蹟有些略微特殊的限制。

為了能迅速且確實地消滅異端者與神敵性命的奇蹟。

她所隸屬的正是追尋此奇蹟的門派。

刺客集團——是存在本身可稱為狂信的一群人。

然而，她是即使身處此等集團內，依然被蔑稱為「狂信者」的存在。

昔日首領們為了繼承該名號而得手的，冠有墮天使之名的種種奇蹟。

任誰都會因她的所作所為目瞪口呆。

頃刻間甚至沒人敢相信。

沒想到尚且年輕還是女兒身的一介信徒——

竟然將曾存在過的十八名首領的奇蹟，全都習於一身。

此事顯然是她熬過嘔心瀝血修煉的證據。
她比任何人都更純粹且毫無疑問地費盡心力，這點顯而易見。
但是，教團的人們——卻不認可她繼承首領之名。
「看妳都做過什麼？甚至不及抄本領域，不過是『模仿奇蹟』罷了。妳本身之所以無法孕育出奇蹟，代表妳內在還殘存不成熟的部分。」
她確實有才華。
那是為習得存在於過往的一切技術，為此必須付出血之代價——她甚至能忍耐時而必須切碎自己身體並重組等痛苦——換句話說，她擁有能努力到萬死不辭程度的才華——但上天似乎沒賜予她利用自身創意，創造嶄新招式的才華。
然而這不過是一半的理由，實際上，通常必須耗費一生才能習得一項的種種「招式」，她花費數年就全部習得的才華，讓眾多人們對此恐懼。
「因此，妳還不成熟。所以我們不能讓這種人繼承首領之名。」
縱然這番話只是牽強附會的論調，她卻未曾有過一絲懷疑的念頭。

——這樣啊，是我的信仰還不足夠嗎？

——我竟是如此不成熟，才會侮辱了過去首領們的招式。

她沒有憎恨任何人，而是繼續純粹磨練自己的招式。

當擁有「百貌」名號的人物被選為新任首領時——

她看見此人能夠精通一切事務的身姿，認為那的確是自己缺乏的能力，但她並未羨慕那位首領，只是恥於自己的不成熟。

結果她未能獲得任何證明，只是以狂信者的身分消失於歷史黑暗處。

理應如此才對——

命運究竟是何其愛捉弄她，當名為捷斯塔的男子召喚她出來時，透過聖杯賦予的知識，她立刻知曉自己的命運。

自己對聖杯的期望就是，親手葬送那些身為異端證明的存在回歸虛無。

她同時明白歷代有好幾位首領，同樣在尋求聖杯——

對此，她只是感到悲傷。

她不想憎恨那些首領，也沒打算蔑視他們。

他們確實是比自己信仰更篤定，至今仍應致上敬意的存在。

該憎恨的對象是迷惑他們的，名為「聖杯戰爭」的存在本身。

她認為聖杯戰爭應當被摧毀，於是她劃破黑夜，為了追尋聖杯的氣息，即使毫無頭緒也依然奔馳。

既然她殺了魔術師，想必魔力供給也馬上就會結束。

雖然目前仍有魔力流入體內，但不過是殘渣。

當殘餘的魔力斷絕時，自己就會消失。

究竟會是數日後，還是數小時後，或數秒後呢——

但是，與時間無關。

直到最後消失的瞬間為止……

即使此身不過是短暫的幻影——

未被授予名號的刺客，不曾懷疑自己的行為。

她深信至少自己的存在，能保有回報信徒的信仰心。

於是她毫不猶豫地，下定決心與聖杯戰爭的一切為敵。

×　×

數分鐘後——

於無名的英靈受到召喚的湖岸別墅地下室。

此處僅存在屍首。

當刺客離去後，此事即化為更確切的真實。

「呵哈。」

天真無邪的笑聲響起。

但是，事實仍未改變。

該房間僅存在屍首。

「呵哈！呵哈哈哈哈哈！」

此處迴盪起宛如孩童般打從心底感到愉快，即使如此，卻有某部分扭曲的笑聲。

但是，事實依然未曾改變。

該房間僅存在屍首。

「哎呀！真吃驚！聖杯還真是叫來不得了的異端兒！」

右手閃耀令咒光輝的男子，猶如彈簧人偶般彈起身——

「真美……」

——我原本想借助聖杯的力量喚醒蜘蛛，好毀滅無聊的人世藉此打發閒暇……

——沒想到，我心中還留有名為「感動」的人類殘渣！

即使這名男子因內心的感動而顫抖——

事實依然沒變。

該房間僅存在屍首。

因此，只要事實依舊——為喜悅哽咽的魔術師捷斯塔·卡托雷在現階段就仍然是具屍首。

「惹人憐愛嗎、醇美嗎？妖豔、八面玲瓏、楚楚動人、風光明媚、可愛。不行啊，難得我有這麼多時間，應該再好好學習吟詩才對！我居然找不到能形容她信念的詞彙！」

捷斯塔的內心為驚喜雀躍，他絲毫不介意周圍翻倒的「純粹的屍體」，而是露出春天降臨於世的表情解開自己的上衣鈕扣。

接著，在他敞開衣襟的胸膛上出現的，是給人的印象與令咒截然不同的魔術性刺青。

他的身體有著彷若轉輪手槍的彈匣般，成圓狀排列六個紅色花紋。

只是，僅其中一個位於左胸部分的花紋變得漆黑。

「竟然能如此輕易屠殺魔術師的概念核！作為魔術師的我並沒有大意！不過，這卻沒有意義！即使是遠比我更身懷力量的存在，一切在那隻手臂面前也只能回歸虛無！」

捷斯塔的手指搭上變成黑色的花紋後，其指尖噗哧一聲陷進皮膚裡。不可思議的是竟然沒流一滴血，當他的手甚至連手腕都埋沒至肉色泥沼內時，他在自己體內稀里嘩啦地翻攪。

「身為魔術師的靈魂已經徹底毀滅了。」

下個瞬間，才見花紋簡直像在蠢動，它竟然宛如齒輪，或者該說看似轉輪手槍般猛烈旋轉，接著黑色花紋移動至左側腹，新替代的紅色花紋被「裝填至左胸」。

「既然如此，那接下來就用別張臉吧。」

接著，竟然有這種事——他身體與臉孔的樣貌都配合花紋的變化而搏動，甚至創造出與前一刻外型天差地遠的男子。

然後，男子從胸膛拔出手指，面露恍惚神情地撫摸側腹的黑色刻印。

「這個概念核明明也施加好幾重魔術性防護，但那隻紅色手臂竟然能將這一切都推擠至虛無的彼端，其指尖甚至抵達生命的中心……既單純明快，卻又如此凶惡的魔掌！但是，正因此才顯得美麗！那也是名叫寶具的東西嗎！」

即使他朝滾落在周遭的屍體們以宏亮嗓音訴說，四周也理所當然地沒反應。

「可是，她居然如此毫不猶豫，還是連續性行使那種恐怖招式。如果是我以外的人……若是尋常的魔術師，恐怕魔力早就消耗殆盡了吧。」

男子裂嘴輕笑，因此得以窺見他略顯過分銳利的犬齒，他以心盪神馳的心境，讓喃喃自語的說話聲響徹屍首群聚的祭壇。

「看來還不必替這世間感到無趣……那位美麗的刺客！她的信念！豈能在默默無名的情況下淡出歷史舞台！」

那是——知曉她記憶者才會說出的話。

透過魔力流通的管道，主人能憑藉類似夢境的形式讀取使役者的思念、記憶與過去。

「不可！誰能允許如此浪費的事發生！」

假如該情況屬實，就代表捷斯塔是死後窺視她的夢想與信仰——

「讓我來賦予妳名號吧！使那貌美的臉蛋、靈魂、力量、信念……被汙染、玷汙、貶低、屈服、墮落！還有比這更無上的快樂嗎！」

他一個勁兒地狂笑，然而其笑聲中卻逐漸參雜邪惡的色彩。

「想必會很愉快吧！想必會很虛幻吧！想必會很美麗吧！讓那位貌美的刺客下跪，粉碎她的信仰，吸乾她力量時所露出的那副表情！」

捷斯塔配合昂揚的心跳，他腳下的陰影延伸。

是與浮現於男子身體的刺青同樣顏色的，何其深邃的赤紅陰影。

才見那道赤紅陰影隨後纏上弟子們散落於周圍的屍骸，接著竟唐突地與地板離異，化為赤紅波濤覆蓋無數屍首。

下個瞬間，陰影再度回歸捷斯塔的身體。只是那道陰影的色澤閃耀更加深邃的光輝。

他對弟子們僅數秒就化為白骨的屍首沒有一絲留戀。

「聖杯？世界毀滅？確實同樣美妙！這我承認！但不足掛齒！在她的絕望面前簡直形同塵埃芥蒂！」

然後——

活屍，也就是那名被稱為「吸血種」的存在，讓屍骸的雙眼閃爍絢爛生氣後，想像著鮮血味道並走向昂揚的頂點。

「在聖杯眼裡看來同為異端者的我們，就儘管友好相處吧！呵哈……呵哈哈哈哈哈哈哈哈哈哈！」

就這樣，連正式契約都沒締結的情況下——

刺客的主人便讓聖杯戰爭中浸染帶毒的黑暗。

一邊笑著，一邊笑著——

序章Ⅳ
「魔法師」

一間昏暗的房間。

從略微透進光線的窗簾縫隙間，得以眺望隔壁聳立的高樓大廈屋頂。

從該大廈背後的風景判斷能得知，這房間在史諾菲爾德內而言也算是位置相當高的地點。

窗外有繁星輝映。

受那道黯淡光輝照亮的室內，給人現代辦公室的感覺。

不僅排列好幾張辦公桌，桌上擺有電腦，天花板還裝設冷氣，種種擺設讓人遺忘此處也是「聖杯戰爭」舞台的一部分。

但是，室內卻沒開啟日光燈——屋主於寬敞空間內響徹凜然的說話聲。

他必須表示這座城市已經無可救藥地置身「聖杯戰爭」。

「那麼……看來其他五名使役者似乎也都顯現了。」

隨後音調沉重的男聲，以恭敬口吻從房間的黑暗處響起。

「是的。目前能確認到主人們的真實身分的，就只有領導『英雄王』的緹妮．契爾克一人。也無法聯繫上原本預定跟我們聯手的繰丘夫妻，關於其他魔術師，雖然能確認到有好幾人進入這座城市……無奈的是，無法探查令咒寄宿在誰身上。」

「是嗎？全市的監察系統意外派不上用場呢。」
男子期待落空且絲毫不掩飾其焦躁，報告員則繼續對他淡然說道：
「只有一人，不僅光明正大地在大白天的公園進行召喚，還凝視令咒的魔術師……結果使役者只給他看見奇妙的幻影而沒現身，盯上他的監視人員在他曬日光浴時被輕易甩開。我們原本以為他只是個蠢蛋，看來是相當出色的魔術師。」
「連英靈的性質都沒摸清楚嗎？」
「是的，尤其是關於最初顯現的英靈，雖然引起全市監視人員的注意，但卻連個影子都無法掌握。雖然已經顯現這點很明確，但我們卻陷入連當時的『起點』都無法掌握的狀態。」
「嗯……都怪國內那群傢伙，竟然特地做了多餘的宣傳。」
他指的恐怕是朗格爾與法迪烏斯間的互動。
然而，報告員卻搖頭否定他的話。
「不，關於這點……最初顯現的時刻跟他的『宣傳活動』幾乎同時進行。」
「……既然如此，那最大的可能性，就是那是繰丘所召喚出的英靈。」
男子從椅子上起身，露出無比苦澀的神情繼續說道。
「好吧，算了。無論如何，英雄王都會是最大的障礙，只要能排除他就好。」
「遵命。」

當沉默就這麼造訪該房間——置於窗邊桌子的電話鈴聲卻不經意響起。

看似屋主的男子一臉不情願地拿起話筒，以相當公事性的語氣開口：

「……是我。」

『你好啊，近來可好嗎，兄弟！』

話筒彼端響起的聲音，使男子露骨地蹙眉後答道。

「魔法師嗎……有什麼事？」

『你也不該只說有什麼事吧！那個啦！剛才我恰巧在電視裡看到的！在這個國家，有位光跟她共度一晚春宵就要花好幾百萬的超讚女人，是真的嗎？』

「……就算我說真的有又怎樣？」

『今晚你就幫我叫她來一下嘛，兄弟。』

聽到通話對象直言不諱的內容，身為屋主的男子露骨地抽搐臉頰。

「我不記得跟你變成兄弟了。」

『為啥啦，可別說你忘記跟我喝過兄弟交杯酒嘍！兄弟交杯還真是個不錯的詞彙。我上網查過，聽說東洋人很常使用耶，我很中意！』

「……身為英靈的你跟身為主人的我締結契約，就只是這樣而已。」

男子的太陽穴抽搐，同時用力捏緊話筒。

他的手背上明顯浮起令人聯想到鎖鏈的令咒圖案。

換句話說，目前跟他以電話交談的對象是他的使役者，而使役者卻跟主人透過電話交談，兩者間存在略顯奇妙的距離感。

被稱為英靈的使役者嘟噥一句「你真不懂耶」後，以掃射機關槍的態勢將言語集合體強壓在主人身上。

『你可別誤會喔，我的工作是創造英雄，絕非我本身是英雄。只不過，想將我當成英雄讚賞倒是很ＯＫ，讚賞我的是女人那更好。身為美女千人斬還生過上千個小鬼的人，在不受歡迎的男人眼裡看來，確實與英雄無異啦！』

「別再給我吹三秒就能看穿的牛皮了。既然你有閒功夫扯謊，還不趕快繼續作業。」

『我靠！你還想要我繼續？希望你也能稍微考慮下我的情況！聽好了，我能對聖杯許的願望，頂多就是享用美味佳餚跟好女人罷了。比起這點，參與這場聖杯戰爭的人會創造出怎樣的劇碼，會迎向怎樣的結局，我想看的只有這些！可是你啊，再這樣下去，我看到結局前就要發瘋了啦！』

聽到使役者高聲宣揚不公平後，主人則吐露嘆息並哄起使役者。

「女人和佳餚我都會替你張羅，所以你趕快繼續昇華寶具的作業。」

『受不了，真是個無趣的傢伙。再說你可別忘記自己不僅特地把人叫來，還硬塞給我專業領域外的工作。而且啊，要製作複製品還有更適合的人選吧！昨天我在網路上查過了，有個叫艾米爾．德．霍瑞的傢伙！我還聽到傳聞，好像有個能利用不知啥來著的超強魔術無限製造複製品的傢伙耶！』

「只是單純的贗品沒意義。若不能超越原典，就無法與英雄王的寶庫抗衡。」

『哈！你是在肯定我的改寫能力嗎！我高興得都快痛哭流涕嘍！去死啦！啊啊啊啊，早知如此，在發生剽竊騷動時，別說什麼「比起原作，我的書更有趣」這種玩笑就好啦。沒想到超過百年以後，在抱著克麗奧佩脫拉跟楊貴妃睡覺時，竟然會被敲醒還任人使喚。這種故事根本不會賣錢啦，少開玩笑了。』

對於使役者依然講些能一秒就戳穿在唬人的牢騷，主人邊壓抑感情邊說道：

「你可別誤會。我不是為了那真假難辨的可疑軼聞才選你。純粹是——判斷你是能創造出超越傳說的傳說的人物。我只是想，不論是完成度何其高的傳說，你有能複寫並使其成為真實的力量。」

『哈！被男人奉承我也高興不起來。你把剛才的台詞寫成劇本，去給你老婆看吧，很適合當睡前故事！對了，在那之前，假如你寫成劇本就先拿來我這邊，比起創造傳說，我原本就比較擅長修改粗製濫造的劇本——』

男子沒聽完對方的話就直接放下話筒。

言語的洪水離去後，屋內簡直像氣氛整個掀翻過來似的靜謐。

身為屋主的男子露出剛才對話時絲毫不存在的泰然自若的表情，朝向依然昏暗的屋內深處發出伶俐的聲音。

「英雄王吉爾伽美什……聽說那傢伙的寶具中最讓人棘手的是無名劍與無限寶庫。」

男子再次從椅子上起身，交手交叉至背後並在屋內踱步。

「既然如此，那我們只好靠數量壓過他。趁那傢伙拔劍前，不論耍上怎樣的花招都要讓他產生破綻，接著只要堂堂正正謀殺他就好。」

每當男子邁開一步又一步，他便飄蕩起異樣的威嚇感，讓黑暗本身浮現迫切的神色。

「不過，只靠數量根本不可能贏他。再說，物理性攻擊不僅對英靈無效，他們即使純比腕力都遠勝一流的運動員們。對了，我召喚的魔法師倒是該另當別論。要是鬥毆的話，可能連我都有勝算……算了，這倒是無所謂。」

接著，他才剛講過一番無關緊要的話就隨即撇開目光，再重新打起精神繼續邁步。

「但是……反過來說，假如憑人類之身就能自在運用寶具的話呢？」

關於聖杯戰爭的「寶具」，那是諸方英雄各自所持有，簡直能以神技著稱的代名詞。就好比日本武尊傳說中出現的天叢雲劍，既是各自英雄們的象徵，也是能引導出彼此最大限度力量的物品。

寶具自然不可能擺在槍枝店或古董店，而召喚使役者的行為，講得更清楚點，也能稱為「召喚寶具」——寶具的存在，正是如此強烈左右戰爭的走向。

「更甚者，假如那些武具，擁有遠勝於一切原典寶具的力量呢？」

抵達黑暗深處的男子，在牆壁前方駐足不前——

他伸出浮現令咒的右手，按下開關以點亮房間的照明。

接著，於急遽回歸光明的房間中現形的是——

在寬敞的屋內左右列隊，身穿黑色制服的龐大集團。

雖說是黑色制服，但自然並非日本的學生制服——而是以在腰間佩掛的裝備為其特色，正可謂權力象徵的集團。

男女隨機參雜，是全體約三十人構成的警官們。

他們被具威壓感的嚴謹制服包覆身軀——手中全都各自握有不同種類的裝備。

實在是何等異樣的景象。

毅然堅決面無表情的制服警官們，表情嚴肅地各自握有劍、弓、盾、槍、鎖鏈、鐮、棍等物品。而且，其腰際依然佩戴手銬與手槍。此畫面早已超越不合適這種評價，甚至給人滑稽的印象。

其中還有人揹著類似金色火繩槍的武器，他們渾身散發出一股彷彿即將說出警察要表演振興區域節目的氛圍。

但是──若多少有點天分的魔術師見此光景，別說嘲笑，肯定只會昏倒。

他們手裡握住的武器，滲出的力量融合魔力與英氣，幾乎快侵蝕布滿房間內的氛圍本身。

那些寶具全是贗品。

然而其力量卻超越傳說。

「──『二十八人的怪物』──」

「這是過去在凱爾特神話中與庫丘林相見的戰士之名。即今日起，你們只要當成類似行動代號就好。」

一邊眺望起並列自己左右，充滿壓倒性「不協調感」的隊伍──

身為史諾菲爾德警察局長的男子，攤開雙手高聲宣言：

「雖然是廉價台詞，但身為警察局長的我向你們保證，身為魔術師的我向你們約定──」

「你們是正義。」

耳聞這句話後，警官隊伍一齊踩響腳步，以完美協調的動作對身為他們主人的警察局長，同時也身為他們老師的魔術師整齊劃一地敬禮。

但是看過他們這舉動後——眼力好的人想必就能理解。

他們絕非尋常警官，而是在原本身為警官所歷經的修練上，又另外累積某種特殊鍛鍊的集團。

在城鎮所見之處全都鋪設物理性「網」的警察機構。

他們拜託使役者的，就只有讓身為棋子的魔術師們一起協助「製作寶具」而已。

換句話說，他們——

選擇憑藉人類之手打倒英靈，這條撼動聖杯戰爭根本的道路。

結果究竟會有何種結局等待他們呢——

而以魔法師身分被召喚出的男子，仍未寫完那篇故事。

即使如此……

縱然是尚未寫完的故事，依然存在觀眾。

×　　×

警官離去後的房間內，隨即發出啪啪啪的可愛鼓掌聲。

警察局長在並未將視線轉向該位置的情況下，以憤恨口吻低語。

「……妳來做什麼？」

聲音中蘊含著若是區區小動物的靈魂可能會被壓碎般的壓力，並滲透出明顯厭惡的音調。

於是鼓掌聲的主人從房間陰影處探頭窺視。

「咦咦咦，總覺得你反應很冷淡呢，沒事就不能來嗎？」

對方是看似十五歲左右的少女。

身穿以白與黑為基調的哥德蘿莉風服裝，明明身居室內，手裡卻拿著過度裝飾的雨傘。

「至少這裡不是局外人能進來的地方。」

「哦～居然叫我局外人啊。你變得很了不起嘛，菜鳥。」

少女邊轉動雨傘邊嘻嘻嗤笑。

與聽上去像在鬧彆扭的話語相反，不會讓人覺得她心情惡劣。

「話說回來，剛才那句話還真是傑作。叫什麼來著，『你們是正義』嗎？真是精湛的演技，我若是金酸莓獎的評審，肯定會毫不猶豫把最佳男演員獎投給你！」

「我講這話才不是演戲，只是陳述事實。」

「咦？咦咦？難道說，你們還真以為自己是正義使者？即使身為這齣壯大詐欺劇碼一方的你也這麼想嗎？」

「沒錯。」

少女對乾脆答覆的局長咯咯笑道。

「好厲害好厲害！你這鐵面人，我好崇拜你！但這跟愛國心有點不同吧？真正熱愛這個國家的話，是不會把這種事稱為正義的！」

「我確實不是愛國者，也非虔誠的神之使徒。不過，在自己所堅信的道理下，我自負能為此採取行動。」

局長這番話與其說是對少女講，不如說更像是陳述給自己聽似的繼續講道：

「再說，我不會說我們的正義對聖杯而言也一樣。根據情況發展，不只協會與教會，我們還可能會與聖杯戰爭的系統本身為敵。」

彷彿在嘲笑對方懷抱堅定覺悟所組織出的言詞般，少女輕輕揮手並開口。

「沒問題沒問題，這場聖杯戰爭不會有裁決者(Ruler)跑來。」

「什麼？」

下個瞬間，少女笑容的氛圍驟變。

「假如，就算切換成真正的聖杯戰爭，屆時裁決者再來也太遲了。」

即使她的笑容依然天真無邪，目前卻變調為孩童觀察螞蟻隊伍時，節奏性踩死螞蟻般的殘酷色彩。

「只要將史諾菲爾德的聖杯戰爭從贗品昇華為真品，從正道上脫軌。如此一來，即使是裁決者也無法制止，甚至無法介入。然後就能盡情凌辱聖杯戰爭了！」

她浸淫於恍惚中，同時呼出白氣並得意洋洋地繼續說道：

「這件事可是厲害得很喔，能再次盡情凌辱那位聖處女，將她變成甚至無法當成豬飼料的焦碳！啊啊！真厲害！太棒了！裁決者真的不會來嗎，不能來一下嗎！『當時』我雖然沒能迫使她屈服，但這次她卻不會成為達成使命的英雄，而是會以沒能完成職責的聖杯裁決者身分死去，想必會很不甘心吧！」

當她語落至此時，表情不經意變回笑臉，再以情緒平穩的語氣詢問局長：

「你不認為這是件很美妙的事嗎？」

然而，局長的反應卻很冷淡。

「……若有必要我就會去做，但我不認為這是值得讚許的行為。」

「真古板～真是硬邦邦的死腦筋～當正義使者不累嗎？」

少女轉動雨傘，一邊以參雜惡作劇的語氣說道：

「假裝是壞人就會輕鬆多嘍，畢竟不管做什麼都能以『因為自己是壞人』了結。假裝自己是瘋子也很輕鬆喔，畢竟不管做什麼都能以『因為自己瘋了』了結。」

接著，少女最後壞心眼地瞇細雙眼，低聲說起諷刺的言論。

「啊，這點正義也一樣呢，抱歉抱歉！」

就這麼轉身背對局長的少女忽然駐足，邊回過頭邊詢問他。

「啊，對了對了，贗品魔法師先生是希望有女人相伴嗎？既然如此，那我去當他的對象如何？」

「別給我多管閒事，趕快回總部去。」

當少女以身承受飽含憤怒到甚至堪比殺氣的言詞後，再次轉身並聳肩。

「好啦好啦，等輪到我出場為止，我都會安分待著……」

待局長目送少女以一如既往的舉止打開門並離開房間後，他只留下一句話。

「妳就儘管以幕後黑手自居吧，老狗。」

但是，他的表情既感受不到笑意，也毫不游刃有餘——

眼見者甚至只會評論為一句「不服輸」。

然而，即使是不服輸，他的內心也沒浮現絲毫陰霾。

畢竟他的信念，早已位於凌駕自身自尊心乃至性命的高處。

序章Ⅴ
「騎兵」

以結論而言，「他」本身即代表異質。

「他」是於本次「虛偽聖杯戰爭」中顯現的騎兵使役者。

其存在即可代表這場聖杯戰爭的虛偽，甚至足以證明是距離「聖杯」這詞彙最遙遠的存在。

英靈之稱不過是徒具虛名，其存在根本無法列入英雄。

那「他」是類似惡靈或邪靈嗎？若被如此詢問，恐怕也難以老實給予肯定的答覆。「他」根據宗教或地域不同，是既被稱為「詛咒」，在其他教義上則被形容為「天譴」的存在。

所謂使役者是從過去到未來，自存在於這個地球上的歷史，其一切時代中挑選出來。

應當召喚的英靈所停留的「座」沒有時間概念。既能召喚出昔日傳說中的英雄，也能召喚尚未降生的英雄靈魂。假如天草四郎出生的時代有聖杯戰爭，那他同樣可能召喚出後世以英雄偶像身分獲得力量的自己本身。

但是，基於這層意義上來說——「他」恐怕既存在於遠古時代，也存在於遙遠的未來。不僅比任何人短命，也比任何人都長命。

然而「他」卻非英靈，目前仍以物質性型態持續存在——

在此瞬間——也確實地持續掠奪居住於這顆星球上的性命。
或許，是為了讓自身成為新的生命糧食。

× ×

這是何等漂亮啊。

這是一名少女目睹於眼前拓展的景緻所產生的感慨。
地點是理應司空見慣的城鎮中。
這座自己出生長大的城市，矗立好幾棟高聳入雲的摩天樓，氣勢恢宏到連行走於地面的自己，都彷彿要連同藍天被一併吞噬。
單向三車道幹線的十字路口，這個接近史諾菲爾德市中心的十字路口，分別與貫穿南北及東西的道路交錯，若從上空俯視，看起來簡直像城鎮中浮起巨大的十字架，是正可謂「城市中心」的地點。
如果只看這條大馬路，說是足以媲美紐約或芝加哥等都市也能讓人信服。這條幹道正是達到如此突出的發展，縱然面對分布於城市周遭的種種大自然，其自身同為大自然的一部分——不，它甚至主張自己才是大自然的完成型。

但是——有股不協調感。

這份不協調感，正是少女感覺司空見慣的景色之所以美麗的理由。

少女佇立的地點，是比城鎮中心的十字路口更中心的位置。

此處是全向十字路口的人行穿越道交錯的位置，自然就不是能一直駐足原地的地點。

然而，她卻已經持續駐足該地點超過十分鐘。

紅路燈號已經交替過數次。

不過，她周圍卻沒鳴響任何一道喇叭聲。

而這也是理所當然——

畢竟她眼見的景象中，名為人類的存在已經徹底消失無蹤。

沒有任何人的十字路口。

沒有任何一輛車行駛。

不僅缺少聲音，連氣味亦不存在，而她究竟有沒有察覺這點呢？

從道路中心得以望見缺少人影的幹道。

少女產生這是條柏油路色調的紅地毯的矛盾想像，同時為這線條筆直的大樓群之美傾倒。

僅僅是缺乏人煙，作為人類象徵的水泥集合體，就能給人猶如從地面生長出來，一種自然物般的感受。

假如大樓群是樹木，那這將是座何其協調的森林。既然如此，身為最高建築物的那棟附有賭場的旅館，應該就是長老樹吧。

她不曉得為何自己會待在這裡。

既然不懂，所以她打算為了弄清楚狀況，而在城鎮中不斷徘徊。

但是，她同時感到悲傷。

儘管她依然認為杳無人煙的世界相當美麗——但也覺得很寂寞。

不過，雖然最初她只能感受到寂寞，但熬過最早的幾天後也就習慣了。

沒錯。她早在這無人的城鎮中徘徊十分漫長的時光。

當時間超過三個月的那刻起，她便不再一一細數日子。

不知為何，少女沒受到空腹感侵擾，她只是徬徨地在城鎮中漫步，然後日落而眠。

一旦入夜，理應沒人的大樓卻燈火通明並化為地上繁星，持續治癒少女的心靈。雖然沒什麼比杳無人煙的大樓燈火更令人毛骨悚然的景色，但少女卻早已習慣這份異常。

少女那顆連寂寥感都開始模糊，甚至感到從容的心，認為無人的城鎮相當美麗。

眺望城鎮好一陣子後，少女讓自己倒臥於十字路口正中央，心不在焉地持續仰望天空。

——爸爸，媽媽。

她想起雙親的臉孔。

——對不起，我沒能好好辦到。

她自然吐露出賠罪的言詞。

可是，她又想起自己眼下並沒有在做什麼——

於是驀然記起兩種感情。

其一是在這種狀況下無法見到任何人的寂寞。

另一項則是——

×　　×

史諾菲爾德中央醫院

此為建設於史諾菲爾德市中央區，一棟粉刷成白色的偌大建築物。

儘管外觀乍看下宛如美術館，但內部卻是備齊全市最高端設備的大醫院。

這是座從外科至精神科，許多病患為尋求治療而敲響大門的希望之城。

不過理所當然的是，此處自然也存在眾多非其所願卻造訪的病患們。

「……我果然還是只能說，令嬡今後要恢復意識恐怕很困難。」

聽完女醫師的話後，眼前這對男女互看彼此。

年齡約三十歲，看似東洋人的夫妻露出十分不安的表情，其中丈夫以流暢英文詢問：

「今天小女已經住院滿一年了……請問這是代表病情惡化的意思嗎？」

「……不，倒是沒發生肉體顯著惡化的案例。只是關於恢復意識的部分，一旦時間拖得越久，可能性也就越低。」

她所負責的病患已經住院將近一年，卻仍沒恢復意識。病患徹底呈現植物人狀態，是只有身體成長緩慢推進的少女。

少女的年紀才不過十歲三個月。

究竟是發生什麼事呢？少女突然封閉意識且變得不省人事，致使雙親驚慌失措地將她送進醫院。

根據檢查結果，少女體內……特別是大腦周圍能零星確認到未知病灶。

摘出部分該病灶檢查後的結果——足以證實那是由未知的細菌所引起，甚至還有院內感染的可能性而引發了輕微恐慌。

但是，該細菌卻未被證實具備感染性，因此陷入不曉得為何會侵蝕少女身體的狀態。其實也有去設備更齊全的市外醫院檢查的方案，但不知為何該夫妻卻拒絕採納此案，因此才流於待在這所市內醫院觀察的形式。

「雖然未發覺細菌有變異情況，但反過來說，這代表今後她的腦部活動也將持續遭受阻礙。雖然細菌沒有給予會使腦部組織壞死的損害，只是緩慢阻礙腦部活動。」

女醫師露出按捺痛苦的神情陳述，妻子則對她編織出不安的音調。

「是這樣嗎……」

「但是，也不能說全無可能，還是有變成植物人狀態，經過十年以上的時間仍恢復意識的病患例子在。只要能分析細菌的ＤＮＡ就有可能打通這條路，還請你們別洩氣。」

女醫師想鼓勵洩氣的兩人才這麼說——

但病患的父親卻依然一臉不安，並提出一項疑問。

「先不論小女的意識……請問生殖機能沒事嗎？」

「……啊？」

女醫師頓時沒能理解對方問了她什麼。

她不懂「先不論意識」這句話的意思，而使沉默暫時支配整個空間。

然而男子卻諒解對方漫長的沉默，將句子拆解得更詳細後重新提問：

「卵巢跟子宮，最壞的情況是否也能讓卵巢正常成長就好，希望貴院能幫忙檢查。」

「咦……不，病灶阻礙身體活動的，就只有大腦的一部分，因此內臟等器官還沒出現顯著的異常……」

由於女醫師不明白對方詢問的意圖，所以僅單純陳述事實——

如此而已，病患的父母再度互看彼此，而他們的表情竟閃爍光輝。

「是這樣嗎！哎呀，那實在太好了！我們還是會繼續繳交住院費用，小女今後也有勞妳多多看顧！」

「咦？不，那個……」

「我們非常感激醫生！好啦，老公，這下你總算能放下心頭重擔了吧？」

「是啊，妳說得對，我們趕緊回去做今晚的準備吧。」

夫妻二人無視疑惑的女醫師，滿心歡喜地朝醫院外邁步。

女醫師不曉得該如何向這對夫妻搭話，因此只能目送他們的背影。

「真是的……那對夫妻到底是怎麼回事……」

該不會是因為女兒意識不明而受到打擊，結果變得精神錯亂了吧。或許等下次他們來醫院時，應該勸他們去進行心理諮商。

女醫師邊如此思索邊穿越除菌室的門。

當身軀沐浴過除菌用的氣體與紫外線後，與她進來時反方向的門開啟——她望向位於前方的一張病床。

睡在病床上的是一名持續在吊點滴的少女。

儘管少女看上去只像在沉眠，但她的臉龐無助又削瘦，她的意識也沒絲毫恢復傾向。

「……即使妳被父母拋棄，我也絕不會離妳而去。」

女醫師凝視沉眠少女僅發出呼吸聲的身影，同時重新下定決心並檢查點滴的情況。

接著——她發現一項異變。

「……咦？」

她是在確認少女的姿勢時察覺到異變。

不曾做出任何動作的她，右手上浮現某種紅色的東西。

「這是……什麼？」

她執起少女的手一看，發覺那是令人聯想到封閉的鎖鏈，染為鮮紅的花紋。

「刺青……？到底是誰？」

要進出這間病房必須經過重重把關，根本不可能帶刺青用的器具進來。而且——女醫師想起上午看診時確實並未出現異樣，於是背脊不禁竄起寒顫。

「這是……怎麼回事……惡作劇？」

不曉得魔術師存在的她，甚至無從知曉該刺青為何物——

那的確是被稱為「令咒」的花紋。

× ×

少女回想起的是——疼痛與恐懼。

論及至今尚且年幼的少女在更為年幼時，究竟被父母做過什麼——

那絕非虐待，而是滿懷冷靜的愛所採取的行動。

「我讓妳成為優秀的魔術師吧。」

伴隨這句話所灌注的愛，即使連她幼小的心靈都能理解。

不過，疼痛卻在侵蝕她。

疼痛、疼痛、疼痛、疼痛疼痛疼痛疼痛疼痛疼痛無可救藥地支配她的過去，她理應存在快樂的回憶、愉快的回憶、哀傷的回憶才對，但一切都被疼痛的記憶壓倒性覆蓋。

「對不起，我會好好辦到。」

即使她打算遺忘，卻只有疼痛無法克服。

如果真的就是虐待，那她或許還能封閉心靈。

但是，她確實從父母身上感受到愛。

正因為如此，她才沒能逃跑，而是一個勁兒地不斷忍耐。

因為她自幼起，就堅信忍耐才是回應父母對她的愛的最佳行為。

然而，她卻不知道。

父母的愛情並非針對她的人格，而是僅灌注在她所交織出「身為魔術師的未來」上。

她的父母來自魔術師家系，是從原本的「聖杯戰爭」中掠奪技術的成員之一。

不過，他們一族得手的不僅是聖杯戰爭的系統——甚至獲得某位魔術師的「蟲使」魔術體系的一部分，並開始加上獨自的應用方式。

他們的焦點著眼於用更微小的蟲來細膩地改造肉體。

歷經數十年嘗試錯誤的結果——總算逐步完成和原本「蟲使」似是而非的技術。

就是將種種「細菌」加上魔術性改良。

只要巧妙驅使這種細菌，運用在尚且年幼的魔術師身上，就能增幅魔術師的後天性魔術迴路。他們原本盤算的正是這種企圖。

然而，在技術完成後所誕生的第一個女兒——也就是被選為值得紀念的第一具「獻體」——實際上以眾多痛苦為代價，在肉體幾乎沒促成異變的情況下，只有魔術迴路大量增幅。

剩下就只需要順應身體成長，等迴路完成之際，讓她繼承家族的魔術，一切就算圓滿大功告成才對——

不幸的是，部分細菌失控，甚至奪走尚年幼的少女意識。

父母只是想確定身為增幅魔術迴路的存在，她的血脈是否能讓後人繼承，因此才讓少女住院並使她繼續活下去，關於她的人格，父母早就覺得無所謂了。

然後，她——

甚至沒察覺到名為自己的人格早就被父母捨棄，依然在自己的夢境中孕育出的那生與死的夾縫世界內不斷徘徊。

不知這是否為承受魔術性改造所帶來的結果，此處能看見比普通夢境更壓倒性真實的影像。然而，這個不存在味道和氣味的世界，到底也只是夢境罷了。

「對不起、對不起……對不起我覺得痛……！」

昔日記憶頓時一閃而過，少女於杳無人煙的世界中獨自不停吶喊。即使她的魔力滿盈，卻仍是名什麼都還沒學會的無助魔女。

她在夢境中奮力甩動身體，並且大喊。

經過改造的身體彷彿在背後推了她的意志一把，在夢境中使魔術迴路失控。

或許是感受到接下來自己即將消失，才會像哭喊「別拋棄我」的孩子般——細胞的一切都在啼哭尖叫。

「我會好好辦到！我會好好地、好好地忍耐！」

她甚至不曉得自己該好好辦到什麼事——

「所以別拋棄我！別拋棄我……！」

剎那間——少女看見閃光。
聽見在缺少聲響的世界裡誕生的，轟然作響的風聲。
少女不清楚發生什麼事，於是便一躍而起，確認起十字路口周圍——
她察覺道路的一切都被黑霧覆蓋。
無法理解引發何種「變化」的她，一道聲音響徹其耳際。
這道聲音，簡直宛若蟲子間發出嘎吱嘎吱聲在爭鬥般刺耳。
然而，聲音卻確實包含作為語言的含意。

「我問妳，妳是我的主人嗎？」

少女自然不可能知道——
畢竟對方就使役者而言，實在過於異質。
「他」原本別說英雄的資質——甚至不存在「人格」。
說起來，「他」甚至不算人類。
不過，基於聖杯而被賦予「知識」的該存在，從作為使役者顯現開始，就以知識集合體的形式現形。「他」缺少絲毫情感，只是將關於聖杯戰爭的知識系統化重現，是類似機器人的存在。

猶如恐懼集合體的聲音輕聲說出的話——

少女不覺得恐怖。

出現了能填滿她回憶起的寂寞者。毫無變化的世界造訪了變化。

少女僅僅對此高興——於是抬頭仰望被黑霧覆蓋的摩天樓，戰戰兢兢講出自己的名字。

「你是誰？我是繰丘椿。」

然後，她——在這場虛偽聖杯戰爭，獲選為值得紀念的第一名主人。

夢境中締結的契約，任誰都不得而知——

畢竟現實世界中的她，仍舊意識不清。

× ×

史諾菲爾德市　繰丘邸

「那麼，差不多是法迪烏斯開始『宣傳』的時候了吧。」

從醫院歸來的繰丘夫妻保持還算愉快的心情，替今晚將要舉行的「儀式」做準備。

「土地的靈脈馬上就會滿盈，接著想必令咒就會寄宿到我手上。如此一來，我的準備就完美無缺了。」

「說得對，我們都準備足以稱為寶具本身的聖遺物了……若有什麼萬一，還能直接拿那件寶具當武器。」

「嗯，是啊。若是召喚出那位始皇帝，就必須做好出示相應敬意的準備。」

女兒的名字已經不再出現在他們的對話裡。

看來他們正在進行的準備，似乎是打算召喚出即使在中國歷史內仍屈指可數的人物。

然而——這一切終將無用武之地。

並非因為令咒被意識不清的女兒奪走。

若只是這樣，他們也還有寄宿令咒的可能性。

但是就結果而言，他們並未寄宿令咒——

反倒是其他東西在那瞬間自他們身上浮出。

男子感受到奇妙的不協調感，於是窺視起自己的右臂。

「嗯……？」

手臂上有黑色斑點。

乍看下像瘀青，男子心想不曉得是在哪裡撞到的，於是他望向妻子。

「我說，妳覺得這是什……喂？」

然後，繼承繰丘之名的魔術師為之驚愕。

妻子的臉孔與手臂也和自己一樣浮起黑色斑點——下個瞬間，她宛若斷線的木偶當場癱倒。

「喂、喂……？」

他打算跑到妻子身邊，視野卻頓時扭曲——一切事物均描繪起七彩軌跡，同時不斷往上墜落。

接著，當他總算發現墜落的是自己時已經太遲——魔術師早就連站起身都無法辦到。

縱然即將失去意識，魔術師也能確切感受到。

自己體內的魔力透過某種管道被吸取到某處。

畢竟不是生命能量本身被吸走，所以大概不會死，但這樣下去無疑會陷入昏睡狀態。

——別開玩笑了。

——在這種情況下……被敵人襲擊的話……

——不，難道說……已經有誰……設局了……

直到最後一刻因聖杯戰爭而變得鮮明的他的意識，就此逐漸墜往黑暗，即使在最後都沒想起

女兒。

然後，數分鐘後——

渾身上下依然浮現黑色斑點的夫妻，忽然若無其事地起身。

「……這麼說來，今天是椿的生日呢。」

「對啊，老公，我們得做蛋糕才行。」

這對夫妻露出極為不健康的臉色，同時以沉穩語調低喃奇怪的內容。

他們目前沒有殘留絲毫原本的人格——

不過是為投影出女兒所期望的生活，才活著的人偶罷了。

×　　　×

少女跳舞，少女跳舞。

為了遺忘甦醒的時刻。

與少女共舞，與少女共舞。
為了實現她渴望的一切。

「哇啊！謝謝你們！爸爸！媽媽！」
「不用謝啦，椿，畢竟妳很努力了。」
「是啊，因為妳是我們心愛的寶物。」
收下禮物的女兒在家裡滿心雀躍地不斷嬉鬧。
當她高興一陣子後，便對駐足身旁的黑霧集合體微笑。
「謝謝你！是你把爸爸他們叫來這裡的吧！」
使役者並未對她的話頷首，只是持續佇立原地。

夢境內投影進現實的景象。
原因恐怕來自她無意識使其開花結果的魔力。但是，既然夢境無法替現實帶來影響，恐怕這項魔術在物理方面可說是毫無意義，因此會著手開發的魔術師想必也為之甚少。
使役者只是幫了她無意識使出的魔術一把而已。
不過是遵循主人的理想，靠自己的力量操縱現實中的他們罷了。

說起來，「他」也保有屆時會吸取魔力的本能行為。
「他」無法理解人類的感情，僅停留在曉得知識的階段。
然而，正因如此——這名使役者才擁有強盛的力量，並造就少女成為這場聖杯戰爭最強也是最糟的黑馬。

乘著風、乘著水、乘著鳥、乘著人——
這名足以說已經稱霸世界的存在，確實適合冠上騎兵的職階。
不過，最重要的是——
人們賦予「災厄」這外號。其虛擬人格——或許正是「他」以騎兵身分顯現的最大理由。

昔日，黑死病旋風奪走三千萬條人命。
有時卻以西班牙流感的名義奪走五千萬條人命。
引起各式旋風，名為「災厄」的騎手。

注意到這外號，察覺到該名使役者存在本身的人是否已經現身——
虛偽聖杯戰爭總算逐漸將台座投身混沌的漩渦中。

序章Ⅵ
「槍兵」

這座森林何其深邃——

他的身影，簡直像永遠都墜落至無止盡的泥沼般。

——奔跑。

——奔跑。——奔跑。

——奔跑。——奔跑。——奔跑。

他僅是撕裂並穿越夜間森林的風。

為何而奔馳，縱然他逐一思考其理由卻想不通。

儘管有「逃跑」這個單一詞彙就能總結的描述，但他狂奔到恐怕沒多餘心力能意識到該詞彙。

硬要說的話，在名為「逃跑」的行為彼端所存在的事物——

即是單為「生存」這一點，因此他才會全力蹬起大地。

並非因思考，而是為本能。

並非因理性，而是為衝動。

在他根本沒理解必須逃往哪裡的情況下，就只是讓自己的身軀往前再往前躍動。不曉得已經度過多長的時間。

他的腿每踏出一步就會哀號，那份疼痛精準擴散至全身。

但儘管如此，他仍不停下腳步。其身體與大腦並未尋求煞車。

或許腦內啡已經耗盡，只剩痛苦襲向他的身體——

——————！

即使連猙獰的本能也能超越。

樹木如清風般流動，他正化為風穿越夜間的森林。當還差一點就能看見風的彼端時，就在那剎那——

蘊含魔力的子彈擊墜那陣風。

「——！」

比起疼痛，反倒是衝擊先包覆他的全身。

邁開步伐的能量沒有消失，而是毫不留情地將他的身體砸向地面。宛如遭受到前一刻他蹬向大地的報復，大地因此化為凶器鞭打他的身體。

「～～～！」

不成聲的哀號。

即使他想起身，卻因痙攣襲向全身而辦不到。

當全身的哀號影響到大腦的同時，沉靜的嗓聲卻迴盪於耳膜。

「……讓我費這麼多功夫。」

儘管說話聲充滿理性，但那冷靜音色的背後卻隱約可見顯著的怒火。

看似魔術師的男子放下手裡的裝飾槍，一邊緩緩地用力踩了逃亡者的腹部——接下來，用依然灼熱的槍口戳進逃亡者腳上的槍傷。

茲茲的烤肉聲響起，然後焦味繚繞於森林中。

逃亡者的嘴張到超過極限，從喉嚨深處只能溢出濕潤的空氣。

「真是的，偏偏令咒竟然是寄宿在你身上……這到底是哪門子玩笑？」

逃亡者伴隨無聲的哀號四處痛苦打滾，而他身上確實浮現應該是令咒的鎖鏈狀花紋。

「你以為我是為什麼才硬是做出你？你以為我為什麼要讓魔術迴路『增設』到極限？你以為我是為什麼讓你活到現在？」

魔術師平靜搖頭，隨後將逃亡者的頭部當成皮球踢飛。

「……要贏得聖杯戰爭，就必須獲得超越英雄的存在。」

魔術師走近他——然後再次踹起他的臉。

「若不能得到已經超越英雄，而獲得被稱為『神』之資格者，就無法贏過被稱為『王』的那類英雄。」

猛踢一腳。

「因此……只能召喚比英雄起源更遙遠的過去——在埃及成為『神』的那群人。」

猛踩一腳。

「但是，只靠土地與令咒的力量，根本無法召喚端坐『神』之座者。所以我也勢必得違背幾項規則才行。」

猛力踐踏。

「你這傢伙可是為此才準備的觸媒！為何你不接受成為召喚神之觸媒的榮譽？居然還恩將仇報！」

逃亡者早已無力發出哀號，視野超過一半逐漸暈染血紅與黑暗。

儘管如此——

即使連喘氣的舉動本身都會痛苦——

他仍吞下從喉嚨溢出的鮮血，同時打算起身。

魔術師看見逃亡者無論如何都不死心的模樣後，愕然地嘆息——

接著一腳踩住他背後，毫不留情地將體重壓迫其上。

「已經夠了，我早就準備了好幾具備用品……你只要把令咒還我，然後就去死吧。不過，你可沒有自由。我要將你扔進窯裡，做成新的小白鼠素體。」

男子的右手伸向逃亡者的令咒。

不過實際上，令咒的存在對他而言根本無所謂。

畢竟他連「聖杯戰爭」的意義，連該名稱都不知道。

——活下去。

然而，他作為一條生命，只是遵從體內湧現的本能。

——活下去。　——活下去。

但是，縱然死期將至，這股衝動也沒有絲毫流失。

——活下去。　活下去。　活下去。

他的注意力只放在這點上。

——活下去。　活下去。　活下去。　活下去。　活下去。　活下去。　活下去。

——活下去。　活下去。　活下去。　活下去、活下去、活下去、

活下去、活下去。活下去。活下去。活下去。活下去。活下去。活下去。

活　活活活活　活活　活活活活活　活　活活活活　活活　活活　活活　活活　活活　活活

活活　活　活活　活　活　活活活活活活活活活活活活活活　活活　活活　活活　活

活活　活活　活活活活　活活　活活活活活　活活活　活活　活活　活活　活活活活活活活活

活活活活活活活活活活活活活活活活活活活活活活活活活活活活活活活活——

——活下去！

並非「不想死」。

跟「想活著」也有些許差異。

並非願望，而是純粹的本能——

他所希冀僅為「活下去」。

其中差異不曉得他是否已經察覺——

不，說起來，連他腦中是否保有「不想死」的詞彙都令人懷疑。

從他逐漸無法動彈的體內——

在這群居住於史諾菲爾德土地上的一切生物中，以最強烈的意志高喊。

「——————」

然而，魔術師無法理解那聲「吶喊」的意義——因此，他沒能察覺。

「儀式」在那瞬間已經完成。

他所編織出的吶喊本身就是他的魔術，同時也是召喚的語言。

而魔術師不知道這點。

就在前一刻，第五名使役者在北部溪谷受到召喚——

虛偽的聖杯即使手段多少強硬，也期望第六名使役者能顯現。

說起來，從最初騎兵被召喚的經過來看，關於這場聖杯戰爭的「儀式」，確實足以視為由曖昧的定義所構成。

無論如何，在那瞬間——

第六名使役者總算降臨這座史諾菲爾德的森林。

光輝眩目的閃光貫穿整座森林，刮起的旋風劇烈搖晃周遭樹木。

被強而有力的風吹飛好幾公尺遠的魔術師，不知發生什麼事而架起槍——下個瞬間，他感受到壓倒性的魔力，遍布全身的魔術迴路因此變得僵硬。

「怎……」

在魔術師眼前現身的——是穿著樸素貫頭衣的人物。

顯現出的「那位」是英靈這點，從存在於眼前的壓倒性魔力量即一目了然。

儘管如此，卻也有不自然的點。

以被稱為英雄的存在而言，其外觀實在過於樸素。

對方既沒攜帶能夠稱得上裝備的裝備，穿在身上的服裝似乎也沒什麼價值。英雄的能力當然不是光憑財力決定，但——即使如此，連一件武器都沒帶又是怎麼回事。

他默默觀察對方的身姿。

——女人？

假如只看臉孔，確實能判斷對方是女性。

充滿光澤的皮膚，給人線條柔和印象的五官。

只是，胸膛與腰部被隱藏在衣服下，從衣襬下得以窺見的手腳則有幾分結實的感覺。

——不，不對，可能是男人…………？到底是男是女……？

或許是這名使役者的臉孔殘留幾分稚嫩的緣故，因此無論說他是男是女都能接受。但不論是男是女，從他結實得恰到好處的身材判斷，光看就能輕易推測出他足以做到如彈簧般柔韌的動作。說起來不論是男或女，無庸置疑的是他的臉龐確實相當秀麗。

——話……話說回來……他是……人……嗎？

在某種不協調感充斥的氛圍中，魔術師不禁退縮。

對方確實有張人類的面孔，但他卻有種說不上來的異樣感。該說對方的完成度過高嗎？光看或許無法明白，但對方整體釋放出的氛圍確實令人想到假人模特兒——或魔術師們所製作的，具備魔術性意義的「人偶」。

可能是衣服寬鬆的緣故，魔術師難以判斷對方的體型。這點造成該名英靈的性別，甚至「是否為人類」都變得更加曖昧。

不過，只有一點可以確定。

現身的英雄實在過於美麗。

他是既具備類似人類的淫靡，還兼具自然物的純粹的矛盾存在。

那名英靈的身形，猶如纏繞在維納斯像上長得光滑的樹木，簡直像在主張區分自己是男或女、是人或大自然、是神或惡魔皆毫無意義。

看上去與背後的森林徹底調和的英靈，被些許殘存的風吹動飽含光澤的頭髮。

他詢問倒在眼前的那名遍體鱗傷的逃亡者。

「你就是……召喚我的主人嗎？」

其音調相當柔和。

由於對方連聲音都相當中性，魔術師直到最後都沒能掌握這名英靈的真實身分。

儘管逃亡者因突然冒出的閃光與陣風不知所措，但看見顯現於此的存在後，他確信——

——眼前的人，不是敵人。

只有這點是絕對的事實。

逃亡者壓抑住滿腦子逃跑的衝動，緊緊凝視這位救星。

用他那雙簡直能洞悉對方內心一切的純粹眼眸。

正面承受那對眼眸的英靈當場默默跪下，讓視線高度與搖搖晃晃站起身的逃亡者對等後——

「————」

他說出魔術師無法理解的話。

逃亡者聽見那番話後，也平靜地回應道。

「————」

於是，英靈默默伸手抱起逃亡者遍體鱗傷的身軀。

『謝謝你，契約成立了。』

耳聞那宛若對多年老友訴說的言詞後——逃亡者由衷感到心安。

有人允許他活下去，這種感覺正包覆他的內心。

確信自己不必再逃跑後——最後他終於放鬆全身的力量。

「怎麼……可……怎麼可能！怎麼會有這種事！」

魔術師無法理解眼前的光景，他揮舞槍枝並讓喊叫聲響徹森林。

「我怎能承認這種豈有此理的事！」

他邊叫喊邊將槍口指向前方。

位於前方的是——

被唐突現身的英雄抱起——

銀色毛皮染上鮮血與泥土的狼的身影。

「區區野獸！居然……找這種沒什麼了不起能力的合成獸當主人？別開玩笑了！」

魔術師不停顫抖地拿起裝飾槍瞄準，而英靈對這樣的他沉靜組織出話語。

「請將那把槍放下，主人並沒有對你懷抱殺意。」

「什……」

雖然魔術師對英靈意外恭敬的言詞大吃一驚，但重點是，對方的話憾動他。

「怎麼可能！根本是你隨口講……」

「我能理解他們的語言……而主人被你做了什麼，光看情況也能想像。」

魔術師打算露出嘲笑表情，使役者則以嚴肅的神態繼續說道——

「但是，主人卻沒對你動殺意……你明白我的意思吧。」

如此宣告後，使役者便乾脆背對魔術師，開始緩緩朝森林邁步。

「慢、慢著，等一下！你也渴望獲得聖杯吧？比起讓那種狗畜生當主人，跟我搭檔才能更確實接近聖杯吧？」

聽見那番後話，英靈頓時停下腳步——

他只是回過頭。

僅止於此。

然而，下個瞬間——魔術師溢出「咿……」的聲音，拿著槍並自己轉身背對英靈與野獸，隨後直接跑進森林內。

英靈對魔術師投注的視線——正是包含程度如此強烈的「拒絕」。
當他確認過魔術師的身影消失後，眼神內的凶光便消去，為了治療被他認可為主人的朋友，開始朝河川邁步。
他確實沒聽到水聲，視線範圍內也沒見到河川——
但他的確從該方向感受到水的「氣息」，於是大地的化身和緩地蹬起大地——
他將野獸溫柔地抱在胸前，以讓人聯想到遊隼的速度在森林中跳躍。

× ×

魔術師邊在森林中奔馳邊在內心大聲哀號。
——啊、啊啊、啊啊啊、啊啊啊啊啊啊啊啊啊啊啊——
其立場與前一刻對調。
身為追趕者的自己，如今卻化為被追趕者在森林間奔馳。
——為什麼！
——為什麼！為什麼！為何、為何、為何！
——為何不是我！

——竟然……選擇那種臭狗！

不論是英靈或銀狼都沒在追趕他。

魔術師縱然理解這點，卻仍以彷彿要磨破腳的態勢不斷逃跑。

為了從襲向自己，那無止盡的屈辱與無可顛覆的事實逃離。

當魔術師跑上一陣子後，他察覺到曾幾何時周圍已不再是森林——接著他想起自己的工房就在附近，於是才總算放緩腳步。

然後，他當徹底停下腳步後，邊轉頭邊開始喃喃自語。

「那名英靈……到底是怎麼回事！」

自己灌注身為魔術師所繼承的一切源流，因此精製出的一頭合成獸。在他體內確實編入遠超越尋常魔術師的魔術迴路。作為代價，其身為生物的壽命自然會變得極為短暫，但反正他不過是為召喚英靈所準備的觸媒罷了。

然而，令咒卻偏偏棲宿在那顆棄子身上——

更何況，居然是連聖杯戰爭的意義都不曉得的野獸召喚英靈，甚至成為主人，此為即使他身懷作為魔術師的經驗與知識，也無法想像到的事態。

「與野獸有關的英雄……？不過，那是連野獸都算不上的合成獸，不過是肉偶罷了。有什麼擁有與合成獸相近要素的英雄嗎……」

基於合成獸有狼的外觀，所以也朝與狗有因緣的英雄想像過，但他親眼所見的英靈果然無法與那群猛將們的印象聯想在一起。

「唔……算了。必須想辦法從那傢伙身上……不，其他人也行，我得開始盤算怎麼搶奪令咒。趁那傢伙進入城鎮的空檔，放出剩餘的合成獸，至少還能逮住那條臭狗……」

竟然能從剛才滿懷絕望而逃跑的情況下倏地找回冷靜，或許該讚賞他真不愧是魔術師。

然而，等待他的卻非讚詞——

「這還真傷腦筋。」

「？——唔……？」

「我希望能排除比這更嚴重的不確定要素，非常抱歉。」

喉頭掠過冰冷的感覺，以及與其同樣寒冷的詞彙堆砌。

「——」

什麼人——當魔術師打算如此出聲時，他察覺到鮮紅的溫熱液體從喉嚨裡代替聲音溢出。

「原本沒發現令咒的魔術師們就已經在城裡四處亂晃了。要是在這種情況中，還引起聖杯戰爭以外的紛爭，我會很頭痛。先不論『協會』與『教會』，我們可不能與市民團體為敵呢，畢竟是公務員。」

魔術師聽見那道聲音後，發覺在他眼前現身的，是過去身為人偶師朗格爾弟子並隸屬協會的法迪烏斯。

不過，目前對他來說最重要的並非對方的來歷，而是如何不讓液體從自己喉嚨裡溢出，如此而已。

「啊，請你繼續這樣聽我說。我沒打算回答你的疑問，也沒打算讓你活下去，所以還請讓我砍下你的頭。」

輕描淡寫的法迪烏斯手裡握住的是滴落紅色水珠的一柄瑞士軍用小刀。刀上缺少給魔術師使用時會添加的禮儀性裝飾，只是普通的生存遊戲店就能買到的一柄刀。

「這可不成。縱然是預料外的事態，居然會被毫無任何魔術加護的小刀劈開，你的家系可是會哭的。」

「——　——」

喉嚨洩出咻咻的吐息聲，但他終究無法吸氣。

在急遽失去意識的過程中，魔術師聽見法迪烏斯的話。

「……話說回來，你是哪方面的魔術師？算了，反正你既沒辦法回答，答案是什麼也無所謂。」

即使居高臨下，法迪烏斯直到最後都沒浮現疏忽大意的表情，隨後他緩緩揮動右手。

衝擊竄起。

僅僅如此，便永遠封閉住魔術師的意識。

當法迪烏斯揮手的同時，從周圍飛來無數子彈，隨後開始撕裂魔術師全身。

縱然男子眺望起這副景象，卻依然面無表情。

或許是他絲毫未曾想像流彈會飛來打中自己，即使眼前子彈橫行也依然心平氣和。

與朗格爾的人偶被破壞時相同，幾乎沒有槍響，只有鉛色的暴力在名為魔術師肉體的領域內闊步。

當對手已經被毀得不成人形時，法迪烏斯再次揮手。

於是子彈不出一秒就停止飛竄，接著他坐到附近的石頭上，此刻表情才初次變得和緩。

「恕我失禮。因為我是位長舌公，所以可能會不小心說出機密情報，如果對方不是屍體就無法安心聊天。」

法迪烏斯朝儼然成為無法提任何問題的肉塊，拋出面對工作對象般的謹慎言詞。

「真是的，雖然我很在意繰丘夫妻到底召喚了什麼……但你也真是會替我惹麻煩。剛才我去翻過你的工房……沒想到你想召喚的竟然不是英靈，而是被稱為神一類的人物。這可算是系統性犯規，你不知道嗎？戰爭也是有規則的。」

至今為止沉默寡言的態度簡直不知所終，以死者為對手時，法迪烏斯頓時就能組織出流暢的語言。

「雖說是為了我們的目的才設置的實驗性場所，但你這樣恣意忘為，也很讓人頭痛。」

與破壞朗格爾的人偶時不同的是，他沒讓周圍的部屬士兵們集合，而是真的對屍體聊起天來。

「不過，我看過在森林裡拍攝的影片了……難道說他——不對，或許也可能稱為她，所以就叫作『那位』吧……沒想到『那位』竟然會以英靈身分顯現。萬一以狂戰士職階召喚過來，那才會成為你所盼望的結果，因為這將會允許能觸及神的力量顯現啊。」

或許這的確是他預料外的情況，目前他的情感包含發自真心的訝異。

然而，可能這對他來說是雀躍的失算，其嘴角竟浮現些許微笑。

「好吧，雖然就系統來看是不可能……才對，但無論如何這場聖杯戰爭隨處是違規，所以我們也沒有確鑿證據。正因如此，才有人可能在我不知道的地方召喚出什麼不得了的東西。哎呀，你的寵物召喚出的那個也夠不得了就是。」

法迪烏斯宛若對昔日舊友閒聊般，邊揮手邊繼續說。

為了以屍體為對象聊天時，能藉由自己講出的話，幫助自己更正確理解現狀。

「說起來，本來與其說那位是英雄，不如說……」

「應該稱為神所使用的寶具本身吧。」

× ×

那名英雄——理所當然有人的外型。

然而——他並非人類。

於遙遠的太古——以神的泥人偶之身被拋落地上的他，甚至缺乏區分男女的性別，只是作為類似妖怪的泥人偶在森林中顯現。

他缺乏身為人類的知性，只是具跟森林的野獸不斷嬉戲的泥人偶。

然而他的力量卻超越人類智慧的極限，傳聞他一旦解放怒氣，甚至能超越當時某位治國英雄的力量。

王本人則對此嗤之以鼻，說是「豈能跟野獸比力氣」，甚至不把對方放在眼裡。

王不僅絕對相信自己的力量，還確信沒有能超越他的人存在。正因為如此，王才能將那則傳聞一笑置之。

然而——在那位以神妓之身遠近馳名的女孩與那頭野獸相遇後，一切命運便隨之流轉。

無法區分是男是女的泥塊，由於那名女性超越男女的美貌而一見傾心。

在兩人共度六天七夜的時間裡，泥人偶逐漸讓自己的外表接近人類。

宛如在模仿和自己寢食與共的那位貌美的妓女。

而他不過是模仿神妓的美豔，不知人類為何物的泥野獸。

當那矛盾的美寄宿己身時，泥人偶失去許多力量，取而代之卻獲得身為人的理性與智慧。

說起來，即使他失去諸多神氣——

他的力量仍遠遠凌駕人類。

接著，獲得人類外貌的人偶佇立於偉大的王跟前。

歷經一番憾動天地的死鬥後，他們認同彼此的力量。

黃金之王與泥人偶。

沒有比他們立場更天差地遠的兩人——竟成為獨一無二的摯友並歷經眾多冒險，成為彼此共享苦樂的存在。

歷經那段被黃金與大地色澤點綴的日子後又幾經風霜。

命運再度流轉——

在經過十公里的移動後所抵達的小溪畔，英靈完成最低限度的治療，並讓身為主人的銀狼身體橫躺在地。

『但是……我放心了，我還以為這世上的一切都被填滿成類似烏魯克城那樣，但世界似乎依然美麗。』

在遍布周遭的雄偉大自然面前，他以「野獸語言」對身旁的主人說道。

然而，身為主人的狼似乎已陷入沉眠，對於這句話並無回應。

英靈邊微笑邊靜靜坐下，暫時讓心靈委於川流小溪的音色——

×

×

他的視線冷不防滑向北方。

透過他的技能中最高等級的「感知氣息」的力量——從比他們所待的位置更遙遠的北方，捕捉到某道令人懷念的氣息。

此刻正是身穿黃金鎧甲的英靈，於鋪設過魔術師結界的洞窟中現身的瞬間。

「難道說──」

最初他不相信命運，只是沉靜睜開雙眼──

「難道說……是你嗎？」

當他確信從北方感受到的氣息為自己知悉的「王」所有時，他緩緩站起身。

暫時陷入沉默。

在這段期間，究竟是怎樣的思緒在他內心往來呢？

困惑。

焦躁。

最後是──壓倒性的歡喜。

既然這是聖杯戰爭，他將有可能面臨與那位「王」廝殺的命運。

不過，那又如何。

就結果而言，不論是自己刎下對方的首級，或對方挖出自己的心臟。

他們之間所織成的棉布，歷經區區廝殺一次兩次根本就不算一回事。

不，想必即使廝殺上千次，也絕對不會被撕裂。

「哈哈……」

英靈自然地發出笑聲，並平靜敞開雙手——

「若能延續那場廣場上的決鬥……那似乎也滿令人高興的呢。」

當他敞開雙手後，彷彿要道盡自己內心的一切——

以溫柔的歌喉，鳴奏出來自喉嚨深處的歌聲。

英雄恩奇都。

他的歌聲撼動大地本身——歌聲化為大地美麗的鳴動，響徹史諾菲爾德全境。

然而，這正是全體使役者到齊的證據——

同時也是宣告戰爭開始的信號。

聚集至虛偽台座的魔術師與英靈們。

縱使他們明知這是場虛偽的聖杯戰爭——也依然不斷於台座上舞動。
真偽在遙遠的彼岸。
並非為了聖杯——也不為其他，而是為貫徹他們自身的信念——
只屬於他們的聖杯戰爭。
戰事的烽火，已經被確實點燃。

餘章
「觀測者，抑或是塑造角色」

在該空間內，有一個完成的世界。

漆黑與光點。

在被染為夜空色的廣闊完全球體房間的中央，浮起張木製椅子。

若僅看那張椅子外觀，確實足以稱之為奢華，但當作素材的木頭色澤卻別具風味，不會感受到令人厭倦的高級感。不如說，那張椅子光是存在此處，就讓周圍氣氛變得莊嚴。

若是平庸之人坐在那張椅子上，甚至會不小心被椅子的存在感徹底吞沒，而淡出周遭人視線。這正是張會令人如此認為的椅子。

該空間只為讚頌這張椅子才被準備好。

這副景象臻至即使這麼說也能為人接受的程度——

但一名肅穆氣質超越這張椅子的男子，卻用力靠坐在椅背上並發出嘰一聲。

「唔……」

若將這房間當作宇宙的縮影，那端坐中心點椅子的男子，正散發符合該空間主宰者的氛圍。

年齡看上去約莫五十至六十歲之間。

儘管深深刻在臉上的皺紋讓人感受到歲月流逝，但其眼眸仍英氣高漲，讓男子看上去年輕了十歲左右。

「這個軸不對……這條偏光線全毀嗎……」

當男子的手在半空中滑動後，映照於周遭牆壁的天體便開始旋轉。

「哦，這剪輯還真不錯……不，是太糟了。大蜘蛛會覺醒，要應付還差上一百年。」

接著，配合男子這番話，他眼前漂浮的書頁也隨之翻動，各式「資訊」被即時記於書本上。

書本厚度約莫一般百科全書的程度。

儘管如此，每當男子滑動手指，就有成千上萬的新書頁誕生或消失。

老邁的男子進行這項作業一陣子後，百無聊賴地嘟噥。

「不論情勢如何發展，協會果然都不會有好下場。話雖如此，卻又沒我出手干涉的道理。嗯，完全無計可施了啊。」

彷彿在自言自語的男子——唐突地徵詢位於背後的空間的意見。

「你覺得如何？也差不多該是打聲招呼的時候了吧。來自那邊的通訊費可不容小覷。」

於是，空間竟答覆此聲呼喊。

『真是失敬，原來您察覺到了。』

此處有張跟椅子同樣別出心裁的小木桌，上頭擺放一具「電話」。

那是一具外觀古老的電話，乍看下簡直像座檯燈。代替光線投射而下的是圓錐狀的喇叭，纖細延伸的支柱前端是麥克風，然後支撐這兩者的台座則備有撥號轉盤。

雖然此為目前僅在電影或博物館或古董店才能看見的電話，但只有一點，也就是顏色的部分與古董的黑電話相去甚遠。被足以聯想到藍寶石的美麗湛藍色包圍的電話，一眼望去或許會以為是巨大的寶石工藝品。

電話究竟是從何時起存在的呢，明明數分鐘前應該沒有才對，但卻又能說它彷彿最初就坐落於此，該電話正是如此與房間內的氣氛調和。

甚至說受人呼喊才確立其存在也不為過，此電話宛如塗改過該房間的歷史本身。

『我原本打算多斟酌下時間點，然後再讓電話鈴響。』

從電話的喇叭中響起年輕的聲音。

簡直像電話本身就具有意志。

「難道你以為我是很喜歡自言自語的老頭嗎？」

『您是知道我在才出聲的嗎？』

「你以為這是什麼地方。能混進來的人根本屈指可數。」

老人邊聳肩邊瞥一眼背後的藍電話。

「所以你有什麼事？只是要喝茶閒聊的話就改天吧。不巧我現在有份麻煩的工作。」

『嗯，我會來也是為了這件事。』

「什麼？」

『若您打算選擇史諾菲爾德的一項事件來觀測的話，就不該選魔術師們，而是該以【亂入者】的基準來選定世界比較好。』

於是，電話的撥號轉盤開始旋轉，等轉到某種程度後，就為了回到原本位置而開始反向旋轉。

同時房間內的天球配合該旋轉而一起轉動——老人閱讀的書本書頁，以超乎先前的態勢快速翻動。

在書頁上反映出一名人類的臉，與此人的情報(參數)。

時而是男，時而是女。

時而是老人，時而是孩童。

時而是肌肉結實者，時而是肥胖者。

時而是聖人，時而是殺人魔。

時而是魔術師，時而是神父。

人種、性別、年齡、體格、服裝、人格、職業等各種要素不斷變化，書本同時以驚人聲勢翻頁。

「你推動星球的方式毫無迷惘呢。」

『畢竟通往未來的路就好比迷宮一樣，這是我的得意領域。』

這恐怕是只在兩人間才能領會含意的奇妙對話。

『說起來，跟我的迷宮不同的是，要將什麼當成【終點】，人人各有所別。』

書頁高速翻過，描繪其上的「臉孔」也隨之滑順地逐漸產生變化。

老人興致昂然地眺望起電話自身的撥話轉盤反覆進行轉動後又回歸原位的行為，彷彿在欣賞昔日活動照片的光景。

接著不久後，書頁翻動的聲勢逐漸減弱。

畫面上映照出一名東洋人。

『還有就是……對，應該有戴眼鏡。』

書頁慎重地翻開，那張臉加上了細框眼鏡。

「……這點很重要嗎？」

『誰知道？畢竟只是從抵達的結果往回推算而已。有無意義之後再考慮就好。』

「嗯。」

老人最後還是瀏覽過翻開的書頁上記載的資訊，再向背後的電話搭話：

「但是，你竟然會特地跟現世扯上關係，你要是太閒的話就上街去，至少也會有一間愛書人喜好光顧的咖啡廳吧？你就盡情在那邊打發時間好了。」

『不……我並非……在打發時間。這次事件多少也跟我有關。』

「……原來如此。確實很像『那傢伙』會想的事。」

老人立刻理解從電話冒出的話有何含意，並想起某人的臉孔，於是嘆口大氣——並讓嘴角扭曲成笑容的形狀。

「雖然是有點道理……但正因為如此才不能干預。只要闖入者越多就越高興，那傢伙就是這種類型的魔物（笨蛋）。這次的聖杯戰爭，也讓我徹底當個局外人到底吧。」

『嗯，說得對。您若是干涉，一個不好世界就會確定下來。』

在彼此交換過仍舊只有他們才能領會含意的對話後，電話另一頭的某人——或者是為電話本身的存在，邊欣賞起翻開的書本上描繪的人物邊愉快說道：

『她的宇宙究竟是會成為偽典呢，抑或相反呢。就讓我們滿心期待地看到最後吧。』

翻開來的書頁，描繪著一名少女。

是個頭髮染成金色，看上去應該是十幾歲後半的東洋人少女。

肖像畫底下寫有以A開頭為名字的文字。

然後，以她為中心——

塗滿虛偽與虛張聲勢的聖杯戰爭揭幕。

來吧……
驅逐贗品的時間到嘍。

Fate strange Fake

第一章
「開戰」

吉爾伽美什究竟是怎樣的存在呢？

身為主人的緹妮．契爾克事前知悉的內容，其實僅只一點點而已。

然而只憑這些枝微末節的資訊，她便將自己的命運與從祖先繼承過來的執著，下定決心全賭在這名英靈身上。

英雄王吉爾伽美什。

於太古老的過往，在被後世稱為美索不達米亞的土地上既被奉為英雄，也是偉大的王。

當神仍舊以神自居，人也比如今更充滿「個體」的力量，是在那種時代下揚起的產聲，他既是神與人之間生下的半神半人之英雄，也是君臨被稱為烏魯克的城郭都市的主宰者。

縱使被稱作因為身為暴君才致使國家毀滅，還被說在抵達頂點的時刻就將國家讓度給次世代的王——不論最後迎向何種結果，烏魯克在他的時代被構築成輝煌繁華的國度卻是無可撼動的事實。

據說為他所有的寶庫儲藏一切武具與神具，各種珍品均成為後世英雄們所使用的寶具原典。

這位滿溢強烈神性的英靈，在過去名為日本的土地所舉行的聖杯戰爭中也曾受到召喚。

他的能力在眾多英雄內也屬出類拔萃，據聞他在過去的聖杯戰爭中倖存到最後，但那場戰爭最後究竟迎向何種結果，緹妮也無從得知。

根據她聽到的傳聞，與其說他像個三頭六臂般耍各種花招，似乎更像是採取以壓倒性力量蹂躪他人的戰鬥方式——而緹妮更關注的重點是他創建城郭都市，與網羅眾多財寶的私慾。

從她決定投身這場聖杯戰爭的那一刻開始，就已經覺悟要捨棄清廉。

為了奪回他們那塊基於私慾而慘遭蹂躪的土地，必須要有超越他們的力量，換句話說，內心勢必要懷抱凌駕於篡奪者們的強烈慾望——

至少緹妮是被如此教育長大。

因此她才會不擇手段。

即使遇到暴君，也只要將需要蹂躪的對手用強勢的蹂躪手段排除就好。

自身名譽縱然沾滿再多泥濘也無所謂。

她非得趕走汙染土地的人，再將一切都淨化不可。

少女為守護從祖先繼承過來的使命而拋棄心靈，打算將自己的一切奉獻給有力的暴君。

她不畏懼死亡。

對她而言真正值得恐懼的，就只有從祖先繼承過來的土地被外地的魔術師們不斷凌辱這點，除此之外無他。

但是，她卻錯看了。

錯看的並非吉爾伽美什這名英雄的應有型態。

不論他是暴君或明君，活過那人與神混雜的時代下的英雄究竟所謂何物，出生現世的緹妮，並沒有真正理解到其中的意義。

她只是單純錯看吉爾伽美什的力量。

緹妮不曉得。

據聞身穿金色鎧甲的英靈揭露過壓倒性強悍一面的那往日的聖杯戰爭。

然而，那場戰爭對名喚吉爾伽美什的英靈而言，撇除微乎其微的剎那——不過是場總是滿懷傲慢與輕忽的時光罷了。

吉爾伽美什究竟是何種存在。

緹妮在宣示忠誠後，得知了其中一部分的根源。

使有王的資質者成為王，使有英雄的資質者成為英雄的事物。

將驕傲的外衣從英雄王身上剝離後，就只能見到純粹的「力量」洪流。

×　×

夜晚　史諾菲爾德北部　大溪谷

「既然妳是幼童就有點幼童的樣子。既然妳還不懂何為萬物真理，那就只要讓目中閃耀我身為王的威光即可。」

「我盡力而為。」

少女聽到吉爾伽美什的話而垂首後不久，隨即引發「那個」。

「……？」

龐大的魔力洪流一邊將周遭空氣捲進去，同時於鄰近緹妮的位置收束。

「！」

並非單純的魔力。

那在她的認知內也是最高純度的魔素，不對，應該稱為神氣的某種能量朝英雄王右手收束，最後化為物質並形成一柄短劍。

不過，若單純稱為短劍，輪廓卻又有些奇妙。

與前一刻緹妮消滅的魔術師所持有的，召喚吉爾伽美什的觸媒有點類似。

「鑰匙的……劍？」

聽到緹妮不禁嘟噥的話後，吉爾伽美什自傲地答道。

「可別跟剛才小丑拿來的鑰匙混為一談。」

吉爾伽美什仍舊握住鑰匙劍，並將劍尖指向天際。

「這是我自己所締結，類似有形約定的物品。」

儘管他發出懶散的聲音，但表情卻能窺見些許昂揚的神色。

「可別鬆懈了，緹妮。然後向我證明吧。」

「……？」

在因不解而側首的緹妮面前，「那個」敞開。

從鑰匙劍延伸出的魔力侵蝕起周遭空間的一切，推開世界本身的大門。

緹妮同伴的黑衣集團開始喧嚷不已，但多達數百人的零碎聲音均被空間的起伏盡數抹消。

當引發猶如動搖次元本身的震動時，僅吉爾伽美什的嗓音毫不含混地傳達至緹妮耳邊。

「妳要知道，若因為決鬥(兒戲)的餘波就怯場，便不配當我的臣下。」

在他這番話即將說完卻還沒說完時，空間的扭曲朝一處集中。

於吉爾伽美什眼前集結的扭曲中，出現一柄劍。

儘管與剛才的劍相去甚遠，然而，依然是與普通刀刃大異其趣，擁有不可思議刀身的一柄劍。
吉爾伽美什似乎有點愉快地眯細雙眼，接著對劍編織話語。
「開天劍啊，雖然你剛睡醒心情不太好，但就暫時陪我共享這場盛宴吧。」
下個瞬間，英雄王有所動作。
「沒什麼，不會讓半個人覺得無聊。」
不僅無比優雅，卻又無比傲慢。
隨後，當他踏出包含難以掩蓋昂揚感的一步後，其身姿忽然在緹妮等人面前消失。
他僅僅是踏出一步，移動到並非此處的某地。
雖然他做的不過是這點小事——但委身魔術的緹妮卻在他的行動中，體驗到至今未曾感受過，或者未來也將不再感受到的壓倒性熱量。
竟然拋下主人離開現場，此舉以使役者來說實在是令人難以置信。
全體使役者於受召喚的當下，聖杯戰爭的系統理應會刻進腦中。照理說他應該明白「離開主人身邊」的風險才對。
不過，拜倒在瞬息萬變情況下的緹妮，卻無法責備他的舉動。
而且，她也沒打算使用令咒叫他回來。
接下來究竟會發生什麼事，她勢必得清楚烙印進眼簾。

這種預感奔竄於面臨吉爾伽美什「力量」的少女全身。

理應消除情感的少女，內心卻湧現面對未知事物的恐懼，以及——

×　　×

數十秒前　史諾菲爾德西部　大森林

「主人，我希望……請你暫時待在這裡。」

銀狼露出不安的表情看向恩奇都，他則撫摸銀狼臉頰並如此說道。

接著他在主人面前單膝跪地，手指輕觸大地。

「沒事的。」

在他對銀狼報以笑容的同時，周圍樹木開始蠢動。

「森林會保護你。」

極速生長的茂盛枝葉從空中隱藏他們的身影，大地則開始捲起強而有力的魔力洪流。

森林簡直像有意志般，憑藉自己的手創造出天然結界。

「我非過去不可。雖然我也能在這裡迎擊『他』，但這麼做會殺死森林，更重要的是我無法保護好你。你能原諒我嗎？」

「——」

銀狼小聲嗚叫嗷嗚一聲，恩奇都則輕輕抱住他。

「謝謝你，主人。我跟你約好，只要這條命還沒走到盡頭，我就會回到你身邊。」

當吉爾伽美什在緹妮等人眼前消失的同時，恩奇都也踏出大地一步。

宛如輕風般謙卑，宛如泉水般虔誠。

儘管如此，只有包含在強而有力步伐內的高昂感，與英雄王同質。

×　　×

「……這下不妙，離開森林吧。」

感受到異常的法迪烏斯，透過無線電催促部屬們撤退。

「請問發生什麼事了？」

「魔力的流動改變了。這座森林恐怕已經歸於『那位』的支配下。」

法迪烏斯邊說邊體驗起龐大魔力在森林內穿梭。

渺無聲息，也沒傷害到森林，猶如滑行般的移動方式即使稱為風也當之無愧。

法迪烏斯對英靈與森林一體化似的氣息感到恐懼，同時確認起該力量的去向後，再對部屬們另外下達指示。

「……撤退時盡全力遠離沙漠，那邊會派無人偵察機跟使魔過去。」

然後——史諾菲爾德上空有同質力量的「某物」以蹂躪大地的氣勢奔馳。

法迪烏斯感受到那股洪流，是在開始撤退不出數秒的時刻。

「應該……不會吧？」

接下來究竟會發生什麼事？

經過推測後得出的結果，法迪烏斯卻否定起這項答案。

不如說，他簡直像在祈願絕對不要發生這種事。

「明明連勢力圖都沒掌握清楚……就已經打算開始了嗎？」

×　　×

市內　廉價汽車旅館

跟市中心有點距離的街道沿途，在城鎮中也能歸為老舊一類的便宜汽車旅館中，應該睡得很沉的費拉特醒了過來。

少年邊揉眼邊坐起身，身為使役者的傑克出聲向他搭話。

「怎麼了，主人，睡迷糊了嗎？想去廁所的話就說一聲，我會靈體化在這裡等你。」

「……我剛剛才注意到，如果剛睡醒時被你搭話，總覺得很像角色商品的鬧鐘耶。」

費拉特語畢，看向自己的左手腕。

接著在他的手腕上，能看見一支蒸汽龐克風的老舊手錶，從那支錶上響起傑克的聲音。

「原本該靈體化的時候，就因為一句『因為這樣好像間諜般帥氣』才演變成如此情況，這也是你造成的吧？」

傑克目前變成費拉特專用的手錶。

費拉特在公園隱藏形跡後，為了確認傑克「什麼都能變身」的能力，便讓他從人類到動植物，甚至變身成無機物等各式物品。

最初費拉特心想「開膛手傑克的真實身分不會是無機物，所以不可能辦到」，但據傑克說「被詛咒道具操縱的人們才是開膛手傑克的真實身分」的傳奇小說似乎有好幾部，傑克能變身的幅度寬廣到令他震驚。

傑克嘗試變成手錶之時，費拉特喜歡上那款式，事情便演變成為了安全平常就要戴著手錶。手錶除洗澡跟上廁所外都經常穿戴在身上，雖然最初他們靠心電感應對話，但費拉特卻講出「總覺得好無趣，還是正常對話比較愉快」這種不像魔術師會說的話，因此在沒人的地方他們會以聲音為媒介對話。

而這樣的費拉特跑下床，再過去比較汽車旅館附設的時鐘跟傑克變成的手錶。

「不過你真厲害，時間完全沒有誤差。」

「這個嘛，就當作英國紳士都要求時間精準吧。但這也是以我的真實身分是紳士為前提啦。」

「紳士會進行連續殺人嗎？」

「……」

費拉特下意識狠狠刺中傑克的內心後，再走去洗手間並將水槽的塞子塞上，好讓水聚集在水槽內。

「你在幹嘛？」

聽到英靈手錶這麼說，費拉特邊讓手指被水沾濕邊問道。

「你有沒有感覺到什麼？」

「唔……」

傑克為之語塞，身為主人的少年則用手指輕撫洗臉台的鏡子，並畫起簡易魔法陣。

「有兩組誇張的魔力『雜訊』，正朝南方移動。」

接著手錶響起傑克有些不乾不脆的說話聲。

「不是我自誇，我身為魔術師的基本素養很稀薄。若變身成魔術師，能力也會隨之提昇，但這副模樣要察覺到魔力的異變根本強人所難。」

「變身成雷達的話，或許感知能力也會提昇喔。」

「……你真的是鐘塔的魔術師嗎？」

費拉特將心生疑念的傑克撇在一旁，不斷淡然移動手指，藉此完成魔法陣。

接著，他低喃著類似咒文的內容後——積蓄在水槽的水開始產生變化。

當水面連續竄起波紋後，一道影像反映在水面上。

看到反映出沙漠的水面後，手錶轉起了指針。

「這是？」

聽到傑克如此詢問，費拉特乾脆答覆。

「因為有魔術師利用使魔在監視沙漠，所以就讓我稍微偷看一下吧。」

「……什麼？」

「畢竟就算現在讓我的使魔飛過去也來不及。」

費拉特若無其事說道。

不過，即使傑克並非魔術專家，但基礎性的知識仍舊基於聖杯系統而有所掌握。

從那些基礎性知識中得以判斷出，「偷窺他人使魔的視覺情報」並非易事。

若對象是剛學會魔術的初學者也罷，但居然要介入用來參觀聖杯戰爭，或介入以主人身分直接參戰的那般魔術師所行使的魔術，怎麼想都覺得實在不正常。

假如真能輕易辦到，那名為使魔的系統豈不是面臨崩壞？

傑克腦中浮現此疑問，於是開口詢問：

「真能辦到這種事嗎？不，先假設有可能吧……不會有危險嗎？如果被逆向偵測，我們的位置就會曝光。」

「嗯，雖然我試著不讓我們的位置曝光……但或許也不能說絕對不會曝光……如果是教授的話，雖然無法探測到位置，後來卻會因為不協調感追上我……若到了露維雅的等級，說不定還可以讓魔力逆流而炸掉這座汽車旅館……」

當少年嘟囔起令人不安的台詞後，再重新打起精神並繼續說道：

「算了，如果曝光的話，我會真心誠意地說句對不起以示道歉！」

面對笑起來天真無邪的費拉特，傑克內心彷彿刮起寒風般輕聲低語。

他說出即使不算全然正確，卻能揭露些許費拉特身為主人本質的一句話——

「你……感覺殺人時也會講同樣的話，很可怕。」

×　×

史諾菲爾德南部　沙漠地帶

位於城鎮南部遙望無際的沙漠地帶。

儘管不像科羅拉多沙漠或亞利桑那沙漠那般遼闊，但從都市區域放眼望去，地平線彷彿永無止境延伸，一個不留神踏進去就有可能輕易遇難。

在那片沙漠的中心附近，他們總算相遇。

從這裡已經看不見森林或都市，是僅有砂土與稀疏生長著乾燥地帶特有小草的空間。

先行前來此處伺機等候的槍兵英靈——恩奇都平靜仰望夜空。

彷彿要否定掉無數繁星光芒般的金色人影浮現。

身穿黃金鎧甲，手握一把「某物」的弓兵英靈。

恩奇都很清楚這名浮在半空中的男子手裡拿著的「某物」的真面目。
他同樣清楚男子之所以浮在半空中，是因為特殊寶具的力量。
然後——他當然也明白這名男子是何許人也。

天與地。
從距離來看，莫約一百二十公尺。
兩位英雄彼此對視。
俯視大地的眼神，與仰望夜空的眼神。然而，其視線卻並列同等高度。
兩人各自確認過彼此的身影後，沒有互訴隻言片語。
但在下個瞬間，兩人的嘴角同時揚起——然後笑了。
他們僅僅互相報以平靜的笑容。
簡直像在說，一切只要如此便足矣。

×　　　　×

同時刻　史諾菲爾德市中心　大廈屋頂

無名刺客佇立於史諾菲爾德市中心的成群大樓中，最高聳的賭場旅館「水晶之丘」屋頂上。

為了確認城鎮周圍的地形，還有感受與聖杯戰爭相關者的氣息。

此舉雖惹人矚目，但若能引出盯上自己的人就方便多了。

抱持如此直接到近乎愚直的動機而從大廈窺視城鎮景象的她——

雙眼忽然轉往某個方向。

城鎮南方，其前方只能瞭望沙漠的地平線。

「……」

然而狂信者卻不撇開目光，只是一味緊盯著天與地之間的夾縫。

「哦……是祭祀慶典開始了嗎？」

在另一棟大樓的屋頂上，眺望她這副模樣的吸血種魔術師——捷斯塔同樣察覺到異變。

儘管在感知氣息方面，他不算特別擅長。

話雖如此，他仍能從城鎮南方感受到某種讓後背神經緊繃的氣息。

難道是基於活過漫長時光，步行於生死夾縫間才領悟的本能嗎？

從現在開始將於沙漠某處發生某件事。

他憑藉有別於感知魔術的直覺而有此預感，浮現出邪惡微笑嘀咕道。
「這座戰場可是我跟她的紅地毯，還有勞你們放點豪華的煙火吧。」

×　×

史諾菲爾德　沙漠地帶

吉爾伽美什以彼此交換過微笑為契機，隨即展開行動。
發動那柄拿在手裡的奇妙的劍──「開天劍」，揭開它身為寶具的真面目。

寶具。
為英靈所持有，足以稱為構成自身概念一部分的存在。
或許是英雄畢生不離手的武具，或許是自己身體的一部分，或許是仿造出的風景足以稱為英雄靈魂本身的空間等，其存在根據不同英靈將有成千上萬種類型。
對囊括所有財寶的吉爾伽美什而言，半吊子的寶具不過是他會隨手丟進寶庫內的存在──但這柄劍在吉爾伽美什所有寶具中，也是格外備受珍視的少數例外之一。

但是，這柄劍卻沒有名字。
所謂開天劍，也不過是吉爾伽美什為圖方便才取的綽號。
更甚者，它可能連劍都算不上。
畢竟它是當劍或槍等武器在歷史上出現前就已經存在。
比人或比星球更古老的時代。
是神明為開闢世界而揮動，將純粹力量本身具現化的珍品中的珍品。
劈開這顆星球一切開端的天與地之物。
斬裂虛無而成就天空，貫穿天空而回歸虛無。
象徵起始與終結的力量，僅允許繼承神之因子的吉爾伽美什使用。
因此當吉爾伽美什全力揮舞此劍時，它將被分類為下述類別。

對界寶具。

對人、對軍、對城等，攻擊用寶具基於不同性質，在等級上會產生變化。
英靈們彼此一對一戰鬥時，比起對軍或對城寶具，使用對人寶具更有用的情況也不在少數，
但關於對界寶具，其中蘊含的力量早已非配合度或戰況等次元足以衡量的程度。

是有可能毀滅世界本身的，絕對性武力。
不論對手是個體或群體，它會將其所屬的世界一併瓦解。
英雄王全力使出的一擊，即是這種程度的力量。

然而如今，他卻對區區一名英靈毫不猶豫地揮下。
絕非消遣或為省事。
是英雄王揮別身為強者才有的傲慢，使出目前自己渾身解數的一擊。
駐足大地的英靈——恩奇都。
這一擊是他對最古老且唯一的朋友所贈予的言詞。
僅僅是身為王，身為英雄，以及名為吉爾伽美什的單一個體，拿出一切來歌頌重逢的喜悅。

「開天劍，盡情歌頌吧。」

吉爾伽美什並非對眼下的英靈，而是對手裡的劍訴說。
而吉爾伽美什手裡那柄圓筒狀的劍也彷彿在呼應他，宛如削岩機似的開始旋轉並被空氣包覆。

盤據的風捲進更多空氣，藉此創造出小型龍捲風。

龍捲風們彼此重合，再產生出更龐大的扭曲空氣——這一切都將集結且被壓縮至劍的所在處。

超越物理性界線並繼續提昇密度的空氣層，最後化為能切碎萬物的凶器，隨後開始吞噬空間本身。

就連光與聲音都朝扭曲的空氣收束，寂靜與黑暗之劍開始捲進周圍。宛如生物般開始嘶吼的劍柄被吉爾伽美什緊緊握住——並毫不猶豫朝剛重逢的朋友揮落——

「……開天闢地(Enuma)——創世之星(Elish)！」

扭曲的空氣迸散。

收束至開天劍旁邊，被壓縮到超越極限的森羅萬象，伴隨斬擊一同受到解放。

釋放出的壓力使周遭空間產生龜裂，以吸進該夾縫之虛無的形式，翻轉世界本身。

這副光景又有誰能相信是揮一次劍所造成的。

從被撕裂的空間夾縫中探頭的虛無更加撕裂周遭空間，世界本身遭無數龜裂逐漸侵蝕。

砂粒大地猶如黏土般裂開，天空和雲朵也被輕易撕碎。
簡直像描繪於紙張的風景畫被攪拌機攪拌過，猶似地獄。
名為斬擊的侵蝕一邊扭碎繁星，同時朝地上的英靈突飛猛進。

然後，恩奇都他——

× ×

警察局

他既是無名小卒的魔術師也是警察局長——奧蘭德·利夫同樣察覺於城鎮南方捲動的氣息。
「從市內也能感知到無數細微魔力，恐怕是潛進來的魔術師們放使魔到沙漠去吧。」
聽完來自部屬的報告，局長緘默數秒後凝視起窗外。
就在剛才，他收到六名使役者均到齊的報告。
但是，情況如此快速就被推動卻在他的預料外。
雖然他還懷疑會不會是法迪烏斯或「老狗」幹的好事，但現在探討也毫無意義。

是距離山遙水遠的此處都差點要為之打顫的「力量」。
儘管是數十公里遠的前方所發生的事，卻無法以隔岸觀火形容。
略微令皮膚作響的微弱波動，使局長全身警鈴聲大作。
這跟年幼時，最大級數的巨型龍捲風逼近他們的城鎮時，自己目擊到的感覺很類似。
奧蘭德壓抑從內臟深處湧出的各種情緒，冷靜地對部屬們宣告：
「……呼叫執行部隊全體成員，通知他們狀況開始。」
原本或許沒必要到這裡集合。
實際上直到數分鐘前，他認為光靠個別聯絡也很足夠。
不過，在親身承受過此等魔力洪流後，他調整自己的認知，稍微修正今後的計畫。
要將這場聖杯戰爭想成「魔術師間的鬥爭」，在眼下的時機點已經化為不可能。
正因如此——自己勢必得告知執行部隊的成員們。
為了告訴踏入超越自身所屬領域的他們，其背後總是飄揚著正義的旗幟。
他沒天真到以為靠幾句安慰人的精神論就能獲勝。
然而，在真正迫在眉睫的戰鬥中，這種安慰人程度的差距也可能造成生死之別。
該使出的手段全都要使盡。
局長察覺到沙漠空間本身扭曲後，如此確信。

正義。

他們的敵人正是強大到，他非得將這種話作為保險起見灌進部屬腦海裡的程度。

× ×

沙漠地帶

宣告虛偽聖杯戰爭開幕的一擊——原本即使成為聖杯戰爭最後一擊都不足為怪。

泰半英靈，首先連讓王拔出「開天劍」都無法辦到。

在王基於「值得揮下劍」而被選中的英靈們，大部分都會一邊為其力量所驚嘆，儘管如此依然上前挑戰。

當開天闢地的力量降臨於眼前時，英雄們的眼中會浮出各式情感。

覺悟、決心、恐懼、敬畏、害怕、憎恨，或者歡喜。

不過，在此世間之死與虛無的地獄面前，邊微笑邊感到懷念的英靈就只存在一名。

——啊。

浩蕩的力量在蹂躪天地，當斬碎世界本身之物朝自己逼近時，恩奇都卻流露出深深感到安心的微笑。

對方既沒有隱藏自我或欺瞞之舉，而是揭露出一切的一擊。

儘管缺少神世時代的力量，但其力量本質卻毫無改變。

——我很高興，吉爾。

——竟然又能像這樣跟你……互相比較性能。

比誰都厭惡人卻比誰都更像人類，拒絕神卻比誰都更神聖莊嚴。

駐足森羅萬象頂點的英雄王，竟願意認真面對自己。

既然這樣，那自己也非得回應他不可。

如此思索的英靈，藉由緩慢的舉動扭轉身軀。

「如果調整成配合這時代的說法……就是這種感覺吧。」

當虛無以劈裂大地的形式逼近過來時，英靈只是更加微笑、微笑、微笑——

他於一瞬間即切換好靈魂的開關。

「我也要……火力全開嘍，吉爾。」

然後，一切流轉。

×　　×

北部　大溪谷

「這……到底是……？」

緹妮·契爾克陷入混亂。

雖說身為使魔的安地斯神鷹緊追英靈身後，卻追趕不上。

不過從來自南方令大地動盪的震動中，她立刻明白發生什麼事。

吉爾伽美什在離開此地前，曾說「這場戰鬥似乎值得我拿出真本事」。換言之，他正與那名讓大地震動的使役者認真戰鬥。

從自己體內流逝大量魔力——也就是所謂的精氣。

締結過契約的使役者，其魔力供給是靠準備給土地的聖杯與主人自身的魔力。

雖然對妮緹來說，只要她還待在這塊土地，從地脈湧出的魔力就能直接轉換成精氣，儘管如此，眼下依然呈現若稍微鬆懈，魔力就會被吸光的態勢。

在過分急遽的變化中，緹妮的魔術迴路高聲嘎吱作響。

但是，她卻連扭曲表情都辦不到，僅能持續忍耐。

在信任自己並跟隨她的同伴們面前，她不能隨便暴露弱點。

而且，若這點程度就因此畏怯，那才是無法勝任吉爾伽美什所說的「王的臣下」。

她不禁思索起這些事，同時懷抱一份確信。

其威勢足以破壞世界的寶具。

吉爾伽美什那邊切斷了身為使魔的使役者與她之間的共享感官及心電感應。因此她無法理解現場究竟發生什麼事，然而也有光看魔力流動就能明白的部分。

能明白到與這股力量衝突的使役者，沒有倖存手段。

她是該替早早就有一顆棋子退場感到高興，還是該因其他陣營的主人摸清自己的牌而感到憂愁呢？陷入此種迷惘的少女，在下個瞬間變得更加困惑。

「……？」

正因為是能與大地共享魔力的特殊魔術師，即使是這種距離她也能感知到「那個」。

「……難道說！」

沙漠地帶逐漸流入足以對抗吉爾伽美什力量的魔力。

雖然她也朝是吉爾伽美什的寶具帶來的影響方面考量，但這卻是與他不同類型的力量。

何止是地脈。

簡直像這顆星球本身將力量全塞進一處似的，龐大的魔力正逐漸收束。

甚至到了讓人產生是星球（蓋亞）的抑止力本身在與吉爾伽美什那可能破壞世界的力量抗衡之錯覺的地步。

然後，她頓時理解。

現在位於南部沙漠，與英雄王對峙的英靈是——

最少也與他擁有同等力量，正可謂「規格外」的存在。

×　×

沙漠地帶

恩奇都會以槍兵英靈身分顯現，原因來自他的寶具。

不過，說是寶具卻不盡然正確。

為了維繫住神與人之間關連的紐帶——這正是恩奇都的本質。

根據其中一種說法，吉爾伽美什是神為了不喪失力量，並為了讓人類將神視為神不斷崇拜，作為紐帶而降生至地上的存在。

但是，不知他是忘卻自身使命，或是刻意無視，英雄王並未盡到該職責，反倒開始推行促使神與人離別的統治。

作為要矯正、質問、追究未能達成自身使命的英雄王而刺進的一把槍——也就是說，由於他自身是為貫穿反目者，基於讓紐帶回歸神明手中的概念下才誕生的神造兵器，因此他被聖杯選為槍兵職階的可能性頗大。

再來是他的寶具——換言之，他將自己的身體當作武具使出的一擊，才是最符合槍兵的具體表現。

他不過是貫穿並縫合世界。

若天與地之間的夾縫存在障壁，那他就連同其概念一併貫穿。

然而，就好比吉爾伽美什的反目，神明們還有另一項誤算。

降臨大地，藉由與人往來而得到智慧的「兵器」，他打算以自己的作法維繫神與人的世界。
讓紐帶回歸神的身邊，意味著讓彼此接近。
換言之，並非讓神支配人類——
而是將名為人的存在，強推上神的領域。
正因為如此，他才會作為一個「系統」去選擇。
作為統治塵世的王所揮動的兵器，選擇為了讓世界進化而損耗殆盡的道路。
然後，再以一名「人類」之身去選擇。
為了成為能抹消王的孤獨，並經常伴其左右的存在。

當粉碎世間的崩擊逼近己身的瞬間——
星球，嗚叫。

恩奇都腳邊湧起份量龐大的魔力，正面包覆「開天闢地創世之星（Enuma Elish）」的斬擊。
「……你不必客氣。」
這並非朝與自身對峙的英靈所講的話。
如同英雄王會對開天劍低語——

恩奇都同樣對包覆虛無及空間裂縫的大量魔力——或者說，對該星球本身訴說。

「我是兵器，你就盡情損耗我吧。」

剎那間，讓時至此刻的魔力僅能稱為起頭的，多達數倍的魔力從地表噴出，化為魔力的龍捲風包覆恩奇都的身體。

接著，魔力以一位英靈當作核心，化為貫穿天地的巨大光之槍。

其為散布生命的概念。

為跨越原初的恐懼而製造的火種。

即使與人共步地獄，「那位」仍高聲謳歌樂園。

開天闢地，不值一哂。

從過去邁向未來，從未來邁向永恆。

想必大地將與海洋與天空有所連繫。

由於刻劃在名為生命之業障上的恐懼，致使人們最後將連基因也加以塗改。

既為兵器也是道具的無形泥人偶。

與人共步，獲得名為朋友的喜悅的「那位」吶喊。

既然此世早已化為地獄，人只好自己創造樂園，且連原初都一併吞噬。

「——『人啊，願與神維繫（Enuma Elish）』——！」

當「那個」即將朝地面投擲時，反之，他卻渾身纏繞神氣並瞄準天空奮力射出一擊。

神技之槍以維繫被撕裂成無數塊的世界的形式，呈一直線突飛猛進，與依然不斷撕裂世界的「開天劍」正面衝突。

然後——

×　×

「夢境之中」

「……怎麼回事？」

躺在床上熟睡的繰丘椿，由於地面晃動的感覺而甦醒。

她以惺忪睡眼望向窗外，但卻沒有任何改變。

當她如此思忖的下個瞬間——遙遠的天空不時忽明忽滅，再過一陣子，她好似聽到撕裂大地般的微弱聲響。

「是打雷！」

令人不禁打顫的寒氣竄上少女背部，於是她直接在床鋪上縮成一團，拿毛毯蓋住自己並開始發抖。

「對不起，對不起……」

她究竟是在對什麼道歉呢？年幼少女不斷對雷聲呢喃賠罪的言詞。

自幼時她便習慣父母施加在她身上「魔術試驗」，因此她根本不怕缺少敵意的靈體，但打雷或地震等自然現象卻會成為她恐懼的對象。

「打雷，好恐怖……」

於是——待在房間角落的「黑暗」忽然起身，為了從窗外流瀉進來的光線與聲響中保護少女，因而溫柔地包覆床鋪。

接著，「黑暗」從背後再分離出另一個「黑暗」，讓己身從窗戶縫隙間滑出，一躍而出房子外面。

夢境中的世界。

幾乎毫無人的氣息。

被找來此處的椿的父母正規律就寢，猶如死亡般沉眠。

「黑暗」——也就是蒼白騎士的一部分，乘著憑自身魔力所刮起的北風，邁向城鎮南方。

這個奇妙的世界是由椿的「魔力」與她的「夢境」，以及連結設置於史諾菲爾德這塊土地的聖杯戰爭「根基」所製造出的虛擬世界。儘管魔術師們將其定位為接近名喚固有結界的心象世界的具現，但是在填滿於土地的魔力與椿的素養等，滿足複數條件的結果下才創出的空間，想當然爾，沒辦法無限延續。

世界的範圍限定在成為聖杯戰爭根基的「史諾菲爾德一帶」，而這個世界也存在各種「規則」

——但下意識引發此現象的椿本身無從得知。

她的願望只有一點，就是和最心愛的家人一直共度幸福日子。

只要身為主人的椿如此期望，蒼白騎士就會為實現該願望而持續發揮力量。

毫無情感，也毫無對聖杯的期許。

只是身為系統，而不斷淡然實現主人心願的存在。

是類似機能大幅受限的願望機。

而椿也沒有需要向真正的聖杯許願的宏大心願。

既然如此，若她能永遠在夢境中生活到老死，即使稱呼他們已經等同成為聖杯戰爭的勝者也不為過。

蒼白騎士只是不斷默默保護她。

為了排除她的不幸而不斷展開行動。

例如，目前他為消去以雷鳴形式出現的「現實世界的扭曲」而蠢動。

蒼白騎士缺少感情，而人類對「疾病的恐懼」也不曾間斷。

因此他沒有毀滅的概念，也因此不會感到恐懼。

即使阻擋在他眼前的，是足以稱為來自啟示錄本身的試煉的強者們。

×　×

現實　沙漠地帶

力量與力量。
寶具與寶具。
神氣與兵器。
兩種「極限」接觸所產生的衝擊，將空間本身的扭曲連帶周圍全一併剷平。
龐大的能量在彼此使出的一擊下產生的夾縫中相互抗爭。
於遙遠的太古，神妓目睹在古代都市烏魯克發生衝突的英雄們，產生了如此錯覺。
——「世界誕生七次，又毀滅七次的感覺」。
即使身居此等力量漩渦中，兩位英雄依然滿臉笑意。
並非他們感到從容。

想必只要稍有怠慢，自己的身體就會慘遭消滅，他們彼此皆理解這點。
然而，那些不過是枝微末節的問題。
對他們而言，此舉等同兒戲。
不過是孩童們彼此都在固執己見罷了。
但是。
正因為如此——
兩人之間不存在饒恕與客套。
他們只想彼此較勁力量，彼此競爭，彼此讓拳頭互擊。
聖杯戰爭的敵對關係不過是契機罷了。
想要實際感受到朋友以朋友的身分存在此處，這是最直截了當的方法。
只不過他們之間的打鬥，剛好是會將周遭全部捲進來的程度。
接著，互相抵消的寶具能量在兩人周圍煙消雲散。
雖稱為煙消雲散，卻仍殘留在附近刮起龍捲風程度的力量。
「我放心了。」

兩人於狂風呼嘯中一同降臨大地，此刻吉爾伽美什總算開口。

「雖然你那格外值得懷念的容貌令人不知所措，卻並非連內在都同樣稚嫩。」

看來恩奇都的容貌跟兩人初次對峙時如出一轍，不過恩奇都本來就缺少固定外形，或許他會因不同時期而略微改面外貌。

英雄王的態度仍舊妄自尊大，卻交織出態度明顯有別於面對其他人的言詞。

「不過……竟然特地跑到沙漠迎接我，你還是老樣子很任性。比起款待我，竟然會選擇優先關心森林的蠢蛋，就只有你而已了。」

他並非真心期待受到款待，只是在稍微諷刺對方兩句。

「雖說是殺風景的地方，但至少還有沙蟲跟老鼠在。你也終於完成（成長）到能選擇生命的程度了嗎？」

這句台詞聽上去像嚴厲的指摘，卻沒有絲毫惡意。

被身為傲慢集合體的男子稱作任性的恩奇都，邊搖頭邊答道：

「我沒有那種資格。身為道具的我該如何自處，全看使用者（主人）。啊，不過這項選擇是基於我自己的判斷，只有我被沙漠憎恨就好。」

於是，吉爾伽美什愕然般說道：

「還講這種話嗎？你即使死過一次也沒變呢。」

「你才是，雖然活著卻重生為暴君了呢。」

儘管此話聽上去是對少年時期被稱為賢王的吉爾伽美什的諷刺，但他果然也毫無惡意。

「確實啊。若年幼時的我認識如今的我，可能會自殺也不一定。」

吉爾伽美什的口吻與顯現於洞窟內時相比，詼諧到簡直會懷疑他是別人，若有魔術師認識平時的他，甚至會因「為何那名性別不詳的英靈還沒被殺」而感到不可思議。

縱使理由眾多，但能讓心存疑慮的魔術師們輕易接受的客觀情況只有一種——雖然這是在吉爾伽美什的主觀認定中毫不存在的理由。

即使是英雄王，也無法輕易殺戮。

這不過是代表，這名英靈正是擁有此等程度的力量。

若是任何目睹方才激烈衝突的人，想必都能接受此等事實。

然而，兩人的兒戲（打鬥）卻尚未結束。

吉爾伽美什手中握住的「開天劍」刀身開始旋轉，猶如在呼應此劍一般，吉爾伽美什背後的空間開始發光。

「是這樣嗎？假如孩童時期的你真是如姍漢特所說的孩子，我想你還是會選擇活下去的路喔。不是為了未來，而是為了眼下這瞬間還活著的烏魯克子民。」

恩奇都的腳與大地同化，周圍的沙礫開始蠢動。

無數沙礫簡直像恩奇都身體的一部分，化為觸手後啟動。

吉爾伽美什看見該畫面後，再度藉寶具的力量浮上半空中。

接著，他那於空間內側開啟的寶庫——即是從「國王的財寶（Gate of Babylon）」中出現了數十甚至數百件「寶具」。

幾乎在同時，恩奇都操控的大地觸手前端變化成槍或劍，抑或是弓等樣貌千奇百種的武具。

然後，經過呼吸一次的時間後，兩者合計破千的利刃鋒口射出。

金屬們的衝突聲響徹於刮起狂風的戰場。

僅有兩名英靈駐足。

然而，一騎當千的英雄們的激烈衝突，確實嚴峻到能稱為「戰爭」。

據稱是所有寶具的原型，最古老的英雄所蒐集的種種寶具。

對尋常英靈而言將成為必殺的一擊，以輕易且殘酷之態勢持續射出。

相對地，恩奇都則與大地本身同化，改變神賜予自己的身體外觀，並製造出無數寶具。

一擊必殺的競爭永無止盡重複。

但這種充滿矛盾的光景，卻很適合用來表現兩人間的關係。

雖然對話再度中斷，但他們毫無不滿。

兩人只要能同在一處就很足夠。

不論是靠語言達成共鳴，或靠鬥爭搶奪彼此的鮮血，對兩人來說皆為有同等價值的「溝通」。

想必正因如此，吉爾伽美什或許無法原諒吧。

朝兩人歷時千年才重逢的喜悅上潑冷水的人。

恩奇都背後有股寒氣竄升。

他依然操縱無數的沙礫武具，並讓視線望向北方。

「來了呢。」

「哦？」

吉爾伽美什判斷恩奇都並非虛張聲勢後，隨即將注意力轉往北方，但仍舊感受不到任何事物。

恐怕是恩奇都所擁有的，最高等級的「感知氣息」才能捕捉到的細微氣息。

原本吉爾伽美什或恩奇都皆不會在意如此微弱的氣息。

實際上，他們確實不在意散布於這一帶的使魔氣息。

但是，眼下不同。

這是比鳥的使魔或蟲子等更加稀薄且微弱的氣息。

恩奇都本能從該氣息中感受到異樣壓力。

「……好像有什麼討厭的東西過來了，大概是我的天敵。」

他的話令吉爾伽美什略微蹙眉。

恩奇都沒有弱點，此事吉爾伽美什再清楚不過。

若要提及唯一的例外——即是將他逼至「毀滅」之本身，只可能是諸神賜予的死亡詛咒，再無其他。

「……是嗎？以我來說還真是失策，竟然會陶醉在愉悅之中，完全遺忘還有盯上我的財寶（聖杯）的竊賊。」

「你所謂的竊賊，也包含我在內嗎？」

「你可需要聖杯？若只是半吊子的願望機，你自己就能當了吧。」

耳聞吉爾伽美什講出更奇妙的話，恩奇都則說道：

「我能做的頂多是模仿。不過，反正我的願望算是實現了，而主人也沒有追求聖杯。」

當恩奇都說出形同輕易放棄聖杯戰爭的話後，將注意力轉移至從北方逐步逼近的氣息，露出銳利視線後繼續說道：

「只是，我有保護主人的義務，所以可不能在這種地方被人妨礙而消失。這回我就先逃跑，後續下次再說吧。」

聽到恩奇都笑著說出「逃跑」後，吉爾伽美什瞇細雙眼。

「能讓你講這種話的主人是怎樣的人類（雜種）？就讓我來鑑別一下，此人是否有此等價值。」

假如對方是了然無趣的存在，就當場解決掉那名主人。

聽上去彷彿有這層含意的話，讓恩奇都笑著搖頭：

「你沒辦法呢，你能衡量的就只有神與人，再來就是酒的味道而已吧？」

「？」

雖然吉爾伽美什看似頭頂冒出問號，但或許他並非真的對恩奇都的主人感興趣，所以才發出不像王該有的嘆息並說道：

「既然如此，盛宴的後續就等誅殺完賊人再議吧。」

吉爾伽美什語畢後抬頭，其雙眼棲宿著對不識趣的闖入者醞釀出的平靜憤怒。

恩奇都仍舊靠觸手擊落不斷傾瀉而下的成山寶具，同時為安撫焦躁的王開口：

「你這樣不行啦，吉爾。國王不能露出如此無精打采的表情。畢竟讓大家感到不安，可是比暴君帶來的恐懼更讓人頭痛。」

「如今仍打算逃跑的你居然在闡述為君之道啊。縱然你是千變萬化之身，但依舊沒變。」

吉爾伽美什抿嘴一笑後，再次舉起開天劍。

散布在周遭的「寶具」以呼應此舉的形式高聲嘶吼。

由於寶具的力量而更為強化的開天劍，再度使世界扭曲。

「這是今宵最後一擊，你就當作重逢的約定收下吧。」

「我當然是這麼打算。」

恩奇都讓渾身纏繞起藉由與大地一體化而儲藏的魔力，同時說道：

「我打算直接逃跑喔，雖然讓開天劍用來代替障眼法，它肯定會很不愉快。」

「少說蠢話，會因為我的力量而被蒙蔽雙眼，是森羅萬象的天理吧？」

於是，當兩人再次互相報以笑容的下個瞬間——

比起前一刻提昇威力的兩個「創世敘事詩（Enuma Elish）」交錯，並將該證據烙印於世界。

名為沙漠的土地，與觀測此場景的泰半魔術師們心中，留下縱然經過長久時間也難以治癒的傷痕。

×　　×

數分鐘後——

雖然受刮起的龍捲風妨礙而慢上許多，但蒼白騎士的分身之一總算抵達沙漠中心。
然而，此處卻早已不見任何人的蹤影，空間也並未扭曲。
當蒼白騎士於此地乘風旋轉一陣子後，他讓其身擴散於世界。
他沒有去追消失蹤跡的英靈。
若要問理由，自然是因為他只是來消除椿害怕的「雷聲」——既然聲音已經消失，那他就沒必要做其他多餘的事。

隨後，英靈的氣息徹底消失，寂靜造訪沙漠。
僅殘留不小心觸碰到移動中的蒼白騎士，為此陷入昏睡狀態而墜落地面的使魔們的身體——
只有皎潔月光，依然不變地持續照耀大地。

就這樣，關於這場「虛偽聖杯戰爭」的第一場戰鬥即就此告終。
體驗到龐大力量的刺客不發一語地提高敵意與警戒，曾在她身旁的吸血種則在英雄王等人的力量面前瞪大雙眼，同時以表露感嘆的語氣說：「太美妙了！超乎想像！這豈不是能充分蹂躪我的使役者的力量嗎！」

城鎮上的魔術師們反應各不相同，有察覺到危險而逃跑者，甚至有在名為英靈的奇蹟前懷抱野心，如今也策劃著是否能從主人手中奪取權利者。

以沙漠為震央的魔力激盪，就連遙遠的異國土地——是為魔術師協會大本營的鐘塔都能觀測到。

雖說結果沒有任何人死亡，但超乎想像的魔力洪流，使原本預定觀察戰況的魔術師協會，與打算靜觀其變的聖堂教會一齊改觀。

這絕非能夠無視的玩笑話。

讓魔術師們啞口無言的戰爭，於史諾菲爾德的土地揭幕。

於此項事實面前，無關乎真偽。

序章Ⅶ

「來訪者＆●●●●」

這名女子——是不曉得聖杯戰爭於半天前開戰，而來到史諾菲爾德的旅客。

她好幾次確認手機畫面並來到郊外的藥局，詢問男店員附近有沒有蓋成平房的便宜汽車旅館。

藥局裡輪班看店的莫西干頭男店員，態度一反外表地親切告訴她汽車旅館的位置。雖然他說附近也有同價格的旅館，但女子卻慎重拒絕。

莫西干頭男子一臉不可思議地眺望女子，最後總算看到她的雙手與後頸。

「哦，真是帥氣的刺青。」

女子敷衍陪笑後離開藥局，目光再望向自己的雙手。

女子的右手與左手，分別浮現同樣的花紋。

她知道。

自己的雙肩與背部也各自刻有一面同樣的花紋。

這名即將二十歲的女性，臉孔即使在日本人中也算稚嫩，因此她看上去想必比實際年齡還要年輕兩、三歲。

儘管她有張適合沉穩風格眼鏡的乖巧臉孔，但她彷彿要否定這點般，將自己飽含光澤的黑髮染成誇張的金髮。

如果當她是龐克樂團手之類的話，那雙臂上的花紋也能視為時尚一環——

但她卻憤恨地瞇細雙眼緊盯花紋。

接著，莫西干頭店員走出藥局，從背後喊她。

「喂，小姑娘。」

「咦？」

她回過頭後，男子就把手機拋過來。

「妳忘記的東西。」

「……啊，不好意思。」

接住東西的那刻，她便發現那是自己的手機。

看來似乎是聊天時直接放在櫃檯，然後就這麼忘記拿走了。

少女手裡握住手機並深深垂首。

「非常感謝你。」

看見她如此舉動的莫西干男子說道：

「雖然妳有染頭髮，但應該是東洋人吧？中國……不，是柬埔寨附近嗎？」

「……我從日本來。」

經她這麼一說後，莫西干頭店員誇張地攤開雙手並友善回應道：

「日本嗎！那妳還真是來自一個好地方！我的堂兄弟以前去過日本旅行，結果他被自動販賣機的數量給嚇到呢。」

莫西干頭男子態度爽快，女子則以謙虛態度應答。

「多謝稱讚。」

「我老爸以前也去過日本，他從叫凱蒂貓樂園還什麼的遊樂園帶回來的伴手禮，現在還在我老家呢。而且，他說有看到忍者，日本果然有很多忍者嗎？」

也不知道莫西干頭店員這番話是為了炒熱話題的玩笑，還是真的這麼想，他露出爽快笑容打算繼續說道，但──

此刻上空傳出直升機的螺旋槳聲，連同兩人對話一併消除周圍聲響。

直升機飛行於格外低空的位置，以遠離城鎮的形式朝沙漠地帶邁進。

好不容易周遭的聲音沉靜下來，莫西干頭男子咂嘴說道：

「……啊，直升機從今天一早就四處飛來飛去，根本妨礙營業啦，真是的！原本還以為可以賣賣耳塞，結果客人根本不來。」

美國的藥局經常兼作連鎖便利商店或連鎖雜貨店。這名外表誇張的男店員，其實也是受過預防接種訓練的正規藥劑師。只是，從店裡的陳列品比例看來，此店的營業額應該比較仰賴雜貨方面。

聽到男子的抱怨後，女子蹙眉詢問。

「從今天早上就這樣？」

「怎麼？妳沒看新聞嗎？昨晚好像是天然氣管還是石油的輸油管爆炸，很危險所以禁止進入沙漠呢。」

「……這類事常發生嗎？」

「沒有，我打出生就住在這裡，但還是第一次碰到。說起來我根本不曉得沙漠地下埋了這麼危險的東西。」

女子聽過男子的話，同時瞇細鏡片後方的雙眼，觀察直升機離去身影。

猶如在挑戰什麼。

或者在害怕什麼。

她甚至沒察覺到，自己這副模樣也正被其他人觀察。

×　×

史諾菲爾德西北部

距離摩天樓並列的大廈群數公里遠的郊區。

「該物體」端坐於峽谷和森林交界處。

乍看下宛如為了保護城鎮才建設的要塞，儘管如此高度卻略顯不足，在擁有寬闊平面的建築物周圍，蓋有好幾座監視塔。

這棟設施受到嚴加監視，以附有鐵絲網的柵欄為界線，明確將外界與建地內隔絕。

柯茲曼特殊矯正中心。

是在美國並不稀罕的民營監獄之一。

所謂民營監獄，既是受州政府或聯邦政府委託形式而營運的民間經營監獄，同時包含讓受刑人勞動來製造產品以催生利益的商業模式。

就該國受刑人輕易超過兩百萬人的現狀來看，國營監獄能收容的人數實在無法全部負擔。於是，民間企業經營的監獄才會存在國內各地，而史諾菲爾德設有此監獄，對一般市民而言也非值得一提的奇妙情況。

不如說在市民認知中，不知道這棟建築是監獄的人還比較多。

更何況清楚該監獄「內情」者，想必早已無法歸納為一般市民的範疇。

於此處內側的空間——

置身監獄地下室位置的「辦公室」寬敞程度有如籃球場。

昏暗房間內的牆邊有整排螢幕並列，數名男女不發一語地持續檢查接連不斷切換的畫面。

該空間堆滿就監獄來說算是理所當然的監視設備，但映照出監獄內部的卻只有極少數部分的螢幕。

其他大部分畫面均拍攝自史諾菲爾德城鎮內隨處設置的監視攝影機——從公開到隱藏式攝影機，各種監視畫面都即時顯示在螢幕上。

其中甚至有顯然是旅館個人房的畫面，連偷拍都絲毫沒有隱藏的打算。

既然事已至此，照理說當成單純情報機關的監視房間也罷——但其中明顯包含以攝影機畫面來說實屬異常的影像。

種種類似蟲子或老鼠的視野被篡奪般，自由自在轉動的影像。

視角看似在空中移動，而視角主人的身分在靠近玻璃帷幕大樓的瞬間便一目了然——玻璃上反映出小鳥滑翔的身影。

若將之當成鳥型機器人，或許也能被世人以稍微領先時代的科學技術接受，但這隻鳥卻非機器人，而是貨真價實的「使魔」。

來自使魔的視覺情報，與來自普通監視器的影像。

魔術與科學混居一室的空間，才是柯茲曼特殊矯正中心的存在意義之一。

監視室及使魔們的主人——法迪烏斯雖與其他作業員們一同監視螢幕畫面，但他的目光卻停留在其中一處。

其他螢幕仍接二連三切換畫面，而法迪烏斯的目光停留在某個影像上，他讓影像停止切換，觀察起映照於其中的事物。

「……嗯。」

魔術師青年維持著面無表情地陷入沉思。

——我想應該是新來的魔術師進入城裡的結界……

——但這女孩是什麼人？

法迪烏斯靠連接在一起機器操作影像，並放大畫面。

是位於城鎮南方郊區藥局前的監視攝影機。並非出自使魔，而是靠最尖端的科學技術所拍攝的影像，即使將畫面放大數十倍也依然鮮明。

法迪烏斯關注的焦點在女性的手背上。

女性的視線朝直升機投射，而她的手背則浮起魔術性花紋。

——是令咒？

儘管法迪烏斯如此思考，卻沒有下結論。

從她通過結界時所感受的魔力，擁有就連長年置身鐘塔的法迪烏斯都無法解析的奇妙波長。

——身為魔術師，卻沒打算隱藏魔力的樣子。

法迪烏斯讓部屬們在這棟監獄地下室的寬敞「工房」的其中一區，以二十四小時體制監視這座城市。

城鎮周圍布置起誇張的偵查入侵者的結界，並調整成能與無數螢幕連動。這些全是為了追蹤潛入城鎮的魔術師們的動向，但技巧高超的魔術師均擅長隱藏行蹤的技巧，就連他們進入結界內都難以察覺。

換言之，這名連遏止魔力放出都沒嘗試的女子，不是三流魔術師就是刻意挑釁，只會是這兩者其一。

不過，既然她沒發現他們布下的結界，那挑釁一線幾乎算消失。

如此思索的法迪烏斯，認為還是別太早妄下判斷而決定保留結論。

——畢竟還有費拉特．厄斯克德司的例子在。

他腦海中浮現的，是毫不隱藏行蹤地搭乘客運進入城市，然後直接在公園正中央召喚使役者的少年。

雖說是朗格爾的弟子，儘管如此仍得避免被看破真實身分而迴避深入鐘塔中樞的法迪烏斯，都聽過費拉特擁有「天惠忌子」綽號的傳聞。

參與第四次聖杯戰爭並毫髮無傷生還的魔術師——艾梅洛閣下二世。

在鐘塔被稱為有名無實課程的現代魔術師課程中執教鞭，並僅僅數年就輩出好幾名優秀魔術師的「天才指導者」，他花費最長時間看顧的少年——就是這個費拉特·厄斯克德司。

他原本認為有經驗的艾梅洛閣下二世前來參與的可能性很高，但沒料到不僅只有弟子單槍匹馬上陣，甚至反覆採取以魔術師來說一切常識外的行動，實在令人出乎意料。

縱使沒這件事，以繰丘夫妻的異常行動與特殊的槍兵英靈為首，超乎法迪烏斯預料的事態仍接連發生。

雖然他絕沒有失去冷靜，但他也毫不隱藏情緒，一臉「事情變麻煩了」的表情監視著藥局前有著「像是令咒的某種東西」的女子。

「請問要通知警察局長嗎？」

聽到看著螢幕畫面的女性部屬的話後，法迪烏斯搖頭。

「總之先保留。費拉特跟銀狼的情報一起看準時機再分享給他們。」

「了解。」

「即使我們組成同盟，但這也不是能輕易流通的情報。」

法迪烏斯獨有的監視網，與警察所掌握的城鎮全體的監視系統實屬大異其趣。

再加上法迪烏斯基於獨有的知識，資訊量比警察局長多上幾分。

原初的英雄【吉爾伽美什】，與土地守護者一族的末裔緹妮・契爾克。

應能變身成他人的謎樣英靈，與鐘塔的異端兒費拉特・厄斯克德司。

即使能確認到待在家裡，卻不斷採取謎樣行動的繰丘夫妻。

以魔術媒介身分誕生的銀狼，與從特徵上能推測出是【恩奇都】的英雄。

其他還有原本是有力候補人選的捷斯塔・卡托雷，其工房似乎遭受襲擊，從中發現無數具燒死和白骨化的屍體。是使役者失控嗎？看上去像是主人因為某種理由解決掉弟子，目前正追蹤使役者的去向。

「果然還是很在意繰丘夫妻召喚出的英靈呢。」

戰爭一旦開始就是敵人。儘管雙方定過這種約定，但再怎麼說沒採取任何行動實在讓人心裡發毛，他以兼具偵查意義的形式，靠魔術通訊與繰丘夫妻取得聯繫。

不過，對方卻以毫無生氣的嗓聲說：「抱歉，我們有重要的事要辦，沒閒暇參加聖杯戰爭。」

這讓法迪烏斯察覺到事態異常。

——對繰丘夫妻來說，根本不可能有比聖杯戰爭更重要的事。

——不過以虛張聲勢來說又很奇怪。

——有可能是被外來魔術師施加強烈暗示。

繰丘身為魔術師絕非不成熟。

既然能以暗示或別種形式操縱他們，想必是位階相當高的魔術師。

也不得不從魔術協會可能將傑出人材送來的方面考慮。

——既然如此，那費拉特．厄斯克德司的奇妙行動也可能是聲東擊西。

——不過以聲東擊西來說，其行動實在過於異常……這部分就交給情報部吧。

法迪烏斯心想反正無論如何也不會跟他直接接觸，於是就暫且切換思考方向。

至於其他還有需要擔心的部分。

昨晚自己跟部屬放出去的使魔在沙漠中斷通訊。

其他還有無數魔術師們放出去的使魔，卻泰半被捲進兩名使役者的衝突後灰飛湮滅。雖然可以理解，但他依然覺得是件怪事。

包含法迪烏斯的使魔在內，複數使魔都被發現在沙漠中陷入昏睡狀態。

陷入昏睡狀態的使魔們皮膚上都浮起奇妙斑點，於是他們判斷這該不會是某種詛咒或疾病，現在研究設施正在解析中。

「真是的，這麼多異常案例，要機械性處理實在很辛苦，真頭痛。」

當法迪烏斯伴隨抱怨吐露嘆息後，又立刻消除臉上的表情後開口：

「愛德菈小姐，請將Ｂ的三五七拍到的女性登錄為等級二觀察對象。」

「了解。」

法迪烏斯對女性部屬下達指示後緩緩從座位上起身。

然後，在他朝房間外邁步的途中，雙眼瞥向拍到監獄內部的影像。

看上去像單人牢房的影像中，映照出每人各配一間房間的數名男女。

「也差不多該請你們工作了。」

當法迪烏斯眺望過這群看上去像有些怪癖的成員後，邊喃喃自語邊離開自己的工房。

「真是的……感覺會變成愉快得令人想吐的『七天』呢。」

在他離開房間的同時，螢幕上隨即映照出來自直升機拍到的影像。

出現在畫面上的是兩名英靈激烈衝突的證據——

是由於龐大的熱能與壓力使表面徹底玻璃化，半徑達數公里的巨大隕石坑。

×　　×

美國　拉斯維加斯

一所蓋在某間賭場上，位置選定相當奇妙的教會。

儘管聖堂教會在拉斯維加斯市內也遍布無數，但在其中，這所教會卻顯得格外不醒目，不論是窗戶的彩繪玻璃或教會的象徵，看上去全都猶如下方賭場的裝飾。

這裡不過是偶爾知道有所教會在此的賭場客人，會為求好運或替自己的浪費懺悔，有時則是大獲全勝的客人會捐出部分獎金的地方。

「我不過是身為知道情況的人，能稍微說說而已，嗯。」

此處是玄關有條敷衍了事的樂廊，室內整體相當狹窄——若要換好一點的說法，就是在拉斯維加斯中算是最「質樸」的教會內。

看上去頗為操勞的年邁神父，從祭壇處稍微露臉，宛如自言自語般開始訴說：

「不過，該怎麼講呢，待在史諾菲爾德的教會的全是些經驗尚淺的神父。連聖杯戰爭的事都不曉得的人們，根本不可能有辦法應對。」

聖堂教會。

縱使撇除名為宗教的外框，也是能以世界最大規模自傲的組織，是以西洋為中心，其根基紮滿各地的世界規模的「系統」。

以管理世界上所有奇蹟與魔術為名目，與企圖隱匿奇蹟的魔術師協會理應是處於敵對立場的關係。

不過，在聖杯戰爭上，兩者的關係卻呈現稍微不同的形態。

若聖杯是真品，那就應該是由教會管理的人類財產，更甚者，為避免民眾混亂，更有必要管理奇蹟的儀式。

雖然教會到第二次聖杯戰爭為止都靜觀其變，但由於不擇手段且漫無秩序的屠殺行為出現，於是從第三次開始正式採取監督儀式的形式。

畢竟魔術師們與超越人類智慧的英靈，不可能進行安分又謹慎的鬥爭。

假如昨晚觀測到的魔力洪流來自英靈，那早該算屬於歸教會管理的案件。

因為可能會重現第四次聖杯戰爭的「冬木大火」、「旅館倒塌」、「召喚海魔」及「戰鬥機消失」，甚至超越這些的災禍。

實際上，若那片沙漠上的魔力釋放到市區，想必史諾菲爾德的名字已從地圖上消失了吧。

關於在沙漠上製造出的隕石坑，從衛星影像到報導，均以現在進行式驅使魔術或權力來隱匿此事。

即使是過去在冬木市發生的聖杯戰爭，也多次引起類似前述案例的大規模「事故」，然後每次聖堂教會就基於「監督聖遺物」之目的，親手隱蔽這些事故。

不過，這次沙漠一事的隱蔽與聖堂教會無關。

正因為如此，才會被聖堂教會的「第八祕蹟會」視為嚴重問題。

此次隱蔽作業並非由聖堂教會或魔術協會執行，已經明確判斷出是藉由在國家的司法機關或情報機關方面有某種程度權力的第三者之手。

雖然沒有明確掌握對方的全貌，但至少代表美國國家機關的一部分與此事有所牽扯。

原本他們或許該感謝對方代為處理操勞的作業——但關於此事，對方等於在說「這回的聖杯戰爭不需要你們的力量」，也代表他們表露出「別扯上關係」的拒絕意志。

絕不能允許這種事發生——有人如此憤恨不平。

或者是純粹替居住在史諾菲爾德這塊土地的民眾憂心的人。

更包含打其他算盤的人在內，各方面都傳出「應該要強制介入史諾菲爾德的聖杯戰爭」的聲音。

於是，某個待在距離現場最近位置的神父——這名擁有監督官資格的人，下達指示說要盡快前往現場的史諾菲爾德。

「啊，嗯，該怎麼說呢。這是來自『第八祕蹟會』總部的指令。雖然你可能很不樂意離開這座城市，但能立刻趕往現場的也沒別人了，嗯。」

神父嘰嘰咕咕地說道，態度相當怯懦。

「如果你不去，就只有身為第二候補的我去了，但你看嘛，要鬧事的話還是你比較擅長吧？嗯。還有這次事件，我覺得體力好的人去比較好，嗯。也就是說，在聖堂教會的發言權比較強的州，也能強迫政府通過決策，你看嘛，畢竟這個州也不怎麼強。」

實際上，聖堂教會擁有足夠影響國家的實力。

不過，也要在教會影響力強的國家才行得通。

關於美國的聖堂教會，其影響力會根據不同州而有所差異，就連總統大選這類關乎全國的大事，都可能有辦法對整個州的意見施加壓力，但在影響力小的州，或許連部分小事都難以自由介入。

就日本冬木市的情況來看，之所以能掩蓋眾多事件，也是基於事前針對聖杯戰爭進行長達超過數十年的準備才能辦到，即使如此，為了要搪塞戰鬥機消失這種事，也勢必得在各方面賣相當大的人情。

「嗯，該怎麼說。應該是瞄準我們影響力較弱的土地，做過充足的事前準備吧。特別是在史諾菲爾德附近，因為土地守護者一族太囉嗦，所以才成為傳教延遲的區域。」

老邁神父看著聖經，同時將身體轉向教會的一處。

「我說，你有在聽嗎，漢薩？」

聽聞此問後，坐在教會整排桌子最尾端的另一名神父，雙眼沒從握在手裡的手機上挪開分毫地說道：

「請放心，我會好好聽過就算了的，師父。」

「可不能聽過就算了吧，嗯。」

「真是失敬。畢竟政務方面的情形都與我無關，師父只要對我傳達一句神的意志就好。說一句『去消滅敵人』即可。」

那位神父以異常的速度按起手機按鈕，邊打著某篇文章邊回話。

「不對不對，這回不是身為代行者的工作，而是監察官的工作。不過，根據情況也可能變成朝那方面發展。」

老邁神父對同行嘆氣。

「應該說，嗯，漢薩，聽別人講話時就放下手機吧，好嗎？」

「師父才是，說話時請看對方的眼睛。」

於是，被稱為漢薩的神父讓雙眼離開手機，再望向依然將視線朝聖經上送去的老人。

老人大口嘆息，輕瞥一眼漢薩的方向後說道：

「還有，對外要好好表現出符合神父身分的言行舉止，好嗎？」

「我知道，師父。到那邊的城鎮後，我去賭場時會換上便服。」

「嗯，首先我希望你能別去賭場，好嗎？」

漢薩將老邁神父的話隨便聽過就算，再隨意舉起手後緩緩站起身。

他是名年約三十歲中間，以右眼戴著裝飾豪華的眼罩為特色的神父。

這名臉孔精幹的西班牙風格男子，醞釀出好似電影演員般的熱情氛圍。

當他收起手機的同時，教會中響徹颯爽的說話聲。

「好，走吧，四重奏。許久不見的工作時間到了。」

於是從柱子陰影處出現四名年輕修女，緘默不語地跟隨漢薩身後。

老人目送漢薩與修女們的背影——

再從右手渺無聲息地飛速射出某樣東西。

那究竟是怎樣的技術，從老神父手裡以快如子彈的速度射出的是一片小金屬板。

是直到數十年前為止，在下方的賭場被當作高額代幣使用的青銅硬幣。

銅板以即將刺進漢薩後腦杓的態勢逼近——

依然背對老神父的漢薩在下個瞬間，將手臂關節扭轉到非比尋常的角度，將那枚硬幣以渺無聲息且同樣的速度反彈回去。

當老邁神父輕鬆接住硬幣的瞬間，硬幣在手中碎裂。

一眼望去，金屬製的硬幣簡直像披薩餅皮般裂成十六等份。

「啊，對不起啊。我還以為你著迷於玩手機，所以技巧生疏了呢，嗯。」

漢薩緩緩朝聳肩的師父轉身。

接著，浮現天真無邪的笑容，輕聲說出諷刺的話語。

「鬧事……你不是也還很擅長嗎，師父？」

×　　×

倫敦某處　鐘塔

鐘塔跟聖堂教會一樣，也慌慌張張地採取行動。

倫敦與史諾菲爾德當然有時差。

在鐘塔學生還不曉得有沒有開始上早上的課程時，聖杯戰爭已經在史諾菲爾德的沙漠開幕。鐘塔的魔術師們或是觀測該波長，或是收到進入當地的魔術師們的報告，因此傳聞一早就在鐘塔內散布開來。

快步邁向現代魔術科聽講室的男子們，也是其中一部分備感焦躁的魔術師。

「我現在還不敢置信，法迪烏斯先生居然是間諜……」

「不過此事屬實，雙重間諜這條線也消失了。」

走在年輕魔術師前方的，是令人毛骨悚然且足以聯想到巨型稻草人的人偶。

人偶渾身包覆繃帶與布袋來隱藏外貌，身上更被附帶兜帽的外套緊緊包裹住。

這件物品並非人類，而是前幾天身為自己分身的人偶被打成蜂窩的魔術師——朗格爾所操縱的匆忙製作出的木偶。本體恐怕窩在自己的工房中。

「話說回來，師父，這尊人偶不能想點辦法嗎？大家都在看耶。」

「對我來說，拿這種偷工減料的人偶四處走動也很可恥！不過，其他人偶有可能被法迪烏斯動過手腳，我這也是莫可奈何。」

儘管是做工粗糙的人偶，但感覺系統似乎能正常運作，因此朗格爾清楚掌握身後弟子緊張的態度，於是問道：

「你在緊張嗎？」

「是啊，不管怎麼說，我還是第一次見『閣下』。」

閣下。

是給予分別君臨鐘塔十二學院，十二位學院長們的稱號。

年輕魔術師因為準備要見此等大人物而臉色鐵青，他回問道：

「請問他是怎樣的人？那位……叫艾梅洛閣下二世的人物。」

「……十年前我也不覺得他是什麼了不起的人物。不過是艾梅洛家為圖方便，才將一個『閣下』的稱號跟名為現代魔術科的才藝班科系強壓給他，純粹是一族的傀儡。不過，我馬上就明白這是誤會。」

朗格爾邊快步前進邊冷靜組織言詞。

「蝶魔術的繼承人偉納．西查穆德、羅蘭德．派金斯基、奧格．拉姆、樂蒂雅．潘特爾和娜吉克．潘特爾姊妹、費茲格勒姆．沃爾．森貝倫，你認為這些名字的共通點是什麼？」

「他們全是這幾年爬到『色位』或『典位』位階的魔術師們吧？年輕族群接連不斷拿到上級位階而引起騷動，我們也頗受鼓舞呢。」

為了給協會內的魔術師們區分等級才賦予的稱號，其中獲得「王冠」的高位與遠近馳名的「色位」和「典位」稱號的人們，在一般魔術師看來根本是高居雲端的存在。

朗格爾沒有否定弟子的話，而是自己再補充說明。

「還有一項共通點。」

「咦？」

朗格爾對扭頭的弟子說道。

「他們都是艾梅洛教室的學生。」

「！」

「艾梅洛閣下二世本身不過是低位階的魔術師。不過，他的本質不是魔術師，他身為魔術師的視野寬廣到令人難以置信的程度，他擁有比任何人都能準確看穿對手底線的才華。我不曉得是因為什麼讓他變成這樣……但至少在拉拔他人才華的才智上，鐘塔無人能出其右。他也不會像澤爾里奇那樣摧毀弟子。」

面對無法置信而陷入沉默的弟子，朗格爾再補充道：

「就連現役學生都這樣。說到畢業生，從他的教室畢業的人，在十年內都會取得『典位』以上的位階，無一例外。」

「無一例外……？」

「據說其中還有好幾人，獲得鐘塔歷史上為數不多的『王冠』稱號。還好他徒弟收的不太多倒也算萬幸，儘管如此，他只要對弟子們講一句話，想必就能撼動鐘塔歷史。」

「怎麼會……」

他確實聽過艾梅洛是擁有無數外號的人氣講師的傳聞。

不過，弟子還是第一次聽人提起他的具體功績，內心比起崇敬更先湧出敬畏的念頭。

「請問他在鐘塔是處於怎樣的立場？」

「假如跟他同樣有閣下地位的羅科．貝爾費邦代表頑固的保守派，那艾梅洛閣下二世就是柔軟的革新派。不過，他是不論古老或者創新，只要能派上用場就全都會尊重的類型。與其說是保守或革新，中庸可能才是最接近他的詞彙。」

「……」

弟子開始思考許多關於接下來即將見面的對象，於是朗格爾再給他一項建議。

「……你可別想著要看穿對方，不然會反過來被看穿。」

當聽講室的門打開時，艾梅洛閣下二世正在準備下午的課程。

「朗格爾先生，請問有何貴幹？」

這名看似身段柔軟的男子，縱然身為閣下，卻沒醞釀出特別難接近的氛圍。

「連這種時候都要上一般課程，真是勇敢啊，閣下。」

「雖然我也考慮過臨時停課，但關於這次事件，我能做的實在有限。既然如此，我判斷幫鐘塔激昂的氛圍回歸正常運作才是最佳決策。」

「你真謙虛。既然是名為聖杯戰爭的事件，你應該比任何人都想趕過去吧。」

「？」

弟子聽不懂朗格爾話裡的含意，於是不解側首。

艾梅洛閣下二世沉默好一陣子後，輕聲嘆息。

「如果我有任憑感情用事就能拿出結果的實力，這麼做當然是最好……但既然我還不成熟，那目前也只能慎重辨別情況。」

聽到閣下滿是自嘲的口吻後，朗格爾問他：

「我希望能聽聽你那慎重判斷下的見解。你認為那群幕後黑手的目的是什麼？」

「……就現階段而言，大部分都只能算是靠推測補足的個人見解喔？」

「請務必讓我拜聽高見。」

艾梅洛看到用力頷首的人偶後再沉默數秒，於是平靜開口：

「根據我的判斷，此次事件與三方至四方秉持不同意志的勢力有所牽扯。至少也能隱約察覺有想隱匿消息的勢力，與想散布消息藉以公開此事的勢力……而相當明確的是，這些勢力即使抱持不同思想，仍攜手合作這點。」

「的確，他們行動中的費解之處實在太多……」

「依我看，對這些複數組織的其中幾個來說，顯現聖杯並非目的……不過是必經階段之一。

或者目的不在聖杯，而是可能在嘗試讓名為聖杯戰爭的系統恆常化與量產。他們之所以向我們挑釁或找眾多魔術師到城鎮上，或許也是為了讓他們解析『聖杯戰爭』。」

聽到艾梅洛閣下二世的推測，朗格爾搖頭。

「怎麼可能……竟想讓外人解析與第三魔法有關的奇蹟……更何況，儘管系統的權力掌握在他們手裡，卻還做出這種舉動？」

「對於想以個體抵達根源為目標的魔術師來說，確實不可能。但是，魔術師內混有不同思考模式的勢力也是事實。其中……」

艾梅洛閣下二世話說到半途就暫時停頓，深呼吸過後再度開口：

「連推測都算不上，幾乎是等同直覺般預感的……另一點。」

「另一點？」

「這點很難輕易理解，而且也是難以饒恕的事……」

他略微皺起眉間，儘管如此卻依然繼續冷靜陳述。

「有群想將聖杯戰爭貶為遊戲或笑料的傢伙在。」

「這……怎麼可能。到底是為什麼？」

「理由我不清楚。不過，肯定是椿蠢事沒錯。」

艾梅洛閣下二世闔起雙眼，一邊描述起自己所知道的聖杯戰爭。

「過去參加聖杯戰爭的主人與英靈之中，也有享受聖杯戰爭本身的享樂主義者。但他們至少是認真的，甚至賭上性命，就為了追趕剎那的時間。然而在這次事件中，我能感受到處於俯瞰聖杯戰爭立場的某些人，企圖凌辱聖杯戰爭本身，這種舉動對他們來說只算是侮辱。既然如此我……」

此刻艾梅洛閣下二世訝異地停止呼吸，他發覺自己正用力握緊拳頭。

他對這樣的自己稍微咂嘴，隨後輕輕闔眼並說道：

「……失敬，我有點感情用事。」

「無所謂。閣下，你的意見能當成不錯的參考。」

「接下來應該會有更多塊拼圖鑲進去，然後能更清楚看見全貌才對。就算我要有所行動，應該也是在那之後的事。」

然後，他再次用自嘲般的口吻補充道：

「……即使有所行動，也不保證能派上用場就是。」

接著艾梅洛閣下二世再提出好幾項主張，朗格爾則抱持敬畏之意並對他讚賞有加。

「真不愧是閣下，難怪你早早就派遣弟子到現場去。」

「弟子？」

此時兩者在認知上產生不一致。

「是啊，剛才我聽說，昨天協會進入現場的人在城裡看到你的弟子……」

「……你在說什麼？我不記得有派遣過弟子……」

當艾梅洛閣下二世思考至此後，他忽然察覺——

今天有一名學生沒在課堂上露臉。

在停課的這幾天他也沒看過這名學生的蹤影。

然後，他回想起停課日前跟這名學生聊過的話。

「難道說……」

艾梅洛拿出手機，開始撥電話給某處。

『——這支行動電話可能沒有開機，或者位於收不到訊號的地方——』

艾梅洛閣下二世聽到電話裡傳出的聲音後，更有不祥預感，於是再撥電話給別處。

「……啊，是我。有件事想麻煩妳緊急幫忙調查，是學生的出入境紀錄，麻煩幫忙確認一下費拉特·厄斯克德司有沒有出國。」

看來他是打電話給管理學生事務的部門。

接著，經過約三十秒的間隔後，女性事務員答道：

「費拉特·厄斯克德司先生三天前搭乘了前往美國的班機。出國理由寫的是……觀光跟……『謝謝老師！倫敦之星萬歲！』不知這是指什麼？」

「……不，已經夠了。很感謝妳。」

艾梅洛閣下二世反射性如是說，當他掛斷電話後——

他腦海內以類似走馬燈的形式，回想起各種與費拉特間的回憶。

從他擅自跑到房間將新遊戲機的帳號名稱登錄成「倫敦☆之星」這種枝微末節的小事，到他告訴自己他灌輸了義妹操縱的魔術禮裝的水銀女僕奇怪的電影知識，甚至是潛入吸血種們的其中一名王所擁有的賭船後引起騷動的事，主要都是給人添麻煩的記憶在不斷反覆冒出。

艾梅洛閣下二世的臉頰大力抽搐，以詛咒全世界般的語氣擠出聲音。

「Fuck……」

「咦？」

朗格爾的弟子剛才沒能理解艾梅洛閣下二世講了什麼。

雖然有聽見單字，但他卻心想「到前一刻還暢談如此理性對話的男子，不可能突然講粗話才對」。

「請問，怎麼了嗎……」

當年輕人如此提問時早就為時已晚——

血液直竄腦門的艾梅洛，其身體不禁就這麼傾倒並癱在講桌前。

「閣下？閣下？」

年輕魔術師吃驚地晃動他的身軀，此時他們身旁有一名待在教室內的學生出聲搭話。對方是名年輕女性，年齡頂多滿二十歲而已。

「一扯到厄斯克德司氏的事，師父總是會變成這樣。」

「咦？啊，是。」

「師父就由在下帶去保健室……再會。」

看似艾梅洛閣下二世弟子的女性語畢，再對朗格爾等人低頭示意，接著用肩膀扛起身為師父的閣下帶他出去。

朗格爾的弟子目送此等不知該做何反應才好的光景後開口道：

「該怎麼說呢……實在有很多破天荒的部分……感覺是位很忙碌的人。」

「是啊……說得對。目前就先別煩他吧。」

當朗格爾的人偶嘴裡吐露大口嘆息後，再以參雜憐憫的語氣回說：

「鐘塔的閣下要是過勞死，那可不是鬧著玩的。」

×　　×

美國　史諾菲爾德　警察局

『嗨，兄弟！真是個美好的早晨！』

奧蘭德接起鈴聲響徹警察局的電話，邊看鐘邊滿臉不高興答道。

「已經下午了，給我繼續作業。」

『喂喂喂，你是打算以使役者過勞死來收場嗎？好啦，聽我說，今天不是要講叫你介紹女人給我這種俗事。既然情況難得，你就告訴我一道這個國家的知名菜餚。哎唷，我可不會計較價錢喔，畢竟付錢的也不是我！』

「……難道你真的就只為這點理由打電話給我？」

『不好嗎？』

恐怕對方是在掩飾害羞之類的，再不然就是為了試探自己才這麼說。

如此判斷的奧蘭德決定老實賠罪。

「很抱歉我昨晚直接掛斷電話。所以有件事我沒來得及問你……關於沙漠一事，你怎麼想？」

之前說什麼交女人出來，恐怕只是替打電話找的藉口，實際上想必是要談使役者間在沙漠上引起的戰鬥。

局長如此思考，於是決定這次別講廢話，改由自己挑起話題開端，但——

『那是啥？沙漠發生什麼事了嗎？』

但對方歪頭費解的態度卻老實傳達給他。

「……你沒察覺到嗎……？」

『我昨天只有喝了酒然後睡覺，醒來後電視上在講好女人，所以就打電話給你而已！』

「原本居然想仰賴你身為英靈的見識，看來是我太蠢了。」

局長發出打從心底傻眼的聲音，失望地打算掛斷電話。

「今後你別再打電話給我，由我來聯絡。」

實際上即使將來自己再遇到來電，他也決心交給祕書或直接無視。

但他卻在下個瞬間從話筒聽到那個專有名詞。

『你對那位叫法蘭契絲卡的小姐也如此冷淡嗎，兄弟？』

「……！」

法蘭契絲卡。

當該名稱從魔法師嘴裡吐出的瞬間，奧蘭德全身僵硬。

魔法師透過電話察覺到局長的反應後，隨即愉悅說道：

『你總算肯認真聽我講話了。還是說怎麼？叫法迪烏斯的小子講話比較好懂？跟叫綠丘的日本人朋友聊天比較起勁？』

「你這傢伙……為何……你知道多少？」

主人與使役者間有可能共享記憶或認知甚至五感。話雖如此，由於局長已經徹底遮蔽這類共享，所以他的記憶不可能被讀取。

既然如此，那為何這男人能掌握己方的機密事項。

是假裝在作業，實際上靈體化來探查情報嗎？

——那隻「老狗（法蘭契絲卡）」該不會真的跑到這男人的地方去吧？

雖然他甚至朝這方面懷疑，但答案卻更為單純。

『只要有網路跟電話，怎樣都會有辦法知道。你是不是有點太小看現代的文明利器了？還是說，你以為我不可能會打鍵盤嗎？』

「怎麼可能！這些資訊根本不會流通到網路上吧！」

『這是那個啦，全憑個人本事。兄弟你啊，還不是也沒把我的寶具全都摸清楚？反正有祕密我們是彼此彼此。為了稍微讓重度勞動者適度休息，我只是讓這傢伙去胡鬧一下。』

「……」

發覺局長陷入沉默，魔法師見機不可失就繼續喋喋不休。

『啊，對了對了。說到日本，我想起來了，冬木似乎是個好地方呢。據說龍脈的流動跟這裡的土地一樣優質。雖然我感受不到龍脈，所以根本無所謂就是。但談到土地，你下次是要打電話給這裡的土地守護者的緹妮．契爾克小姑娘跟她說警察局長是策劃這場慶典的其中一名魔術師，而她的組織裡有好幾名間諜……嗎？哎呀，抱歉都是我單方面在嘮叨，如果是自己的書，我還會拚命寫更多長句台詞呢。對話果然要有互動才是最重要的吧，兄弟。』

魔法師壞心眼地笑著，警察局長卻緊緊捏住話筒大喊。

「你這傢伙……別再繼續說了！你知道自己在……」

局長話說到半途卻被魔法師蓋過。

『你覺得被竊聽會很不妙吧？』

「……！」

『不論是魔術性還是電子性竊聽都有可能發生。即使你的電話做好完全的防護措施，你也不能否定我的電話或中間迴路被動手腳的可能性。哈哈哈！所以說，我要是再繼續一個勁兒地喋喋不休，你會很頭痛吧？』

雖然魔法師仍以輕挑口吻說道，但局長卻感受到一股深不見底的壓力。接著，他將失望的矛頭指向前一刻疏忽大意的自己，並強烈反省。

經過一次呼吸的時間後——局長腦中的認知早已修正，於是他採取符合該認知的應對。

「原來如此，那我就誠摯謝罪吧。看來是我太小看你了。」

『你突然幹嘛啊，真噁心。』

「意思就是我確實掌握你的能力了。既然如此，你還不願意閉嘴的話，那我也有自己的考量。」

『哦，要用令咒來封口嗎？不過啊，與其在這種情況下用掉寶貴的令咒，你可知道還有更簡單的辦法能堵我嘴嗎？如果你是美女的話，就能靠吻來堵我的嘴嘍。』

「少說廢話，你的要求是什麼？」

魔法師對徹底找回冷靜與威嚴的局長說道。

『我說過了，兄弟。請我吃美味的菜餚，這樣就能堵我的嘴了。』

『我可不會直接參加戰鬥。直到你被幹掉為止，就儘管把我餵得飽飽的，再讓我把這場鬧劇寫得有趣點吧。』

×　×

夜晚　史諾菲爾德中央十字路口

此處是以賭場旅館「水晶之丘」與市政廳為首，聚集城裡許多重要設施的第七街。而有個引人矚目的女性，駐足位於其中央處的巨大十字路口一角。

飽含光澤的白髮與白皙肌膚，然後有雙宛如燃燒般的赤紅眼眸，是名年約二十歲的貌美女性。

即使在一般人眼裡看來也相當醒目——但被聖杯戰爭的名號吸引，因此聚集至這座城鎮的魔術師們，卻是基於別種意義而關注她。

老遠眺望的一名魔術師跟同伴咬耳朵。

（你看，那……不是人造人嗎？）

（是啊，純度如此之高，肯定是艾因茲貝倫的。）

（果然來了嗎？既然聖杯戰爭的系統被人抄襲，艾因茲貝倫絕不會坐視不管。）

（不過……來的還真是光明正大，不是誘餌嗎？）

從城鎮各處都能聽到混雜警戒與疑念的低聲細語。

看來她肯定察覺到自己備受矚目。

白色女子的視線靜靜轉往天空，瞪起圍困自己的世界本身。

以那雙猶如否定這世間一切的，籠罩永無止盡憤怒的雙眸。

某處

×　　×

有一人從遙遠的彼端窺視這樣的她。

看見白色女子映照於水晶球中的影像後，觀察者樂不可支地笑逐顏開。

「啊哈！來了來了！最後的貴賓總算抵達了呢……」

身穿哥德蘿莉服裝的少女——法蘭契絲卡於灰暗空間中不斷轉著傘，同時露出恍惚神情持續笑道。

「她究竟會帶來怎樣的棋子呢，我實在期待到不行。假如她能拋棄自尊，連遠坂的末裔都帶來就好了，果然還是不可能吧。」

少女對自己的話輕輕擺首後，在昏暗房間內邊不停徘徊邊說道。

「不管怎麼說，總算開始了！逆轉的時間終於到了！我也得好好努力才行！」

接著——水晶球於下個瞬間釋放光芒，周遭的牆壁與天花板反映出眾多影像。

從與緹妮共行的英雄王，接著是在森林與狼共處的槍兵英靈，再來是應該算同伴的警察局長的辦公室——各種影像接連冒出又消失。

當她大致瀏覽過英靈們映照其中的身影後，再看向沒半個人的影像。

此處類似歌劇院，或許是沒有任何表演節目的緣故，映照出的舞台與觀眾席空無一人。

當這沒有任何人的空間，映照出某道人影的瞬間——

法蘭契絲卡再度來回狠瞪起映照於各影像內的英靈們，接著以甘甜嗓音低語。

彷彿是在對世界本身呢喃愛的言語。

「來吧……驅逐贗品的時間到嘍。」

×　　×

既此日此刻為分界——史諾菲爾德的命運開始流轉。

聖杯。

即使是真品都必須準備七名英靈的靈魂才行，而現狀卻是只蒐集到六塊拼圖，因此也僅能製造出力量尚未滿盈的聖杯。

籌備如此大張旗鼓布局的人們，不可能沒理解到這回事。

這場虛偽聖杯戰爭恐怕只是「事前準備」，想必他們是打算拿來當成系統的基石，藉此舉行真正的聖杯戰爭。

或者其實在別處正舉辦真正的聖杯戰爭，史諾菲爾德可能只是引開協會與教會視線的障眼法。

魔術協會的人大多這麼想。

當然也有「其實的確有召喚出七名使役者，所謂六名是法迪烏斯在說謊」的可能性，不過撒這種謊的意義又何在。

當許多魔術師陷入混亂時——幕後黑手謹慎地推動進展。

以虛偽聖杯戰爭當作祭品，喚來真正的聖杯戰爭。

準備周全。

剩下只需按下讓系統全盤逆轉的開關即可。

開關即是——召喚身為虛偽聖杯戰爭的最後一名使役者，也就是真正的聖杯戰爭的第一名英靈「劍兵」。

召喚出兼具虛偽與真實，並化身為戰爭橋樑的英雄，除此之外無他。

一切確實都如預期發展，開關已漂亮切換完成。

直到召喚出為劍兵的英雄的那個瞬間為止。

×　×

第一天　夜晚　史諾菲爾德　歌劇院

於稍微偏離市中心的地點，城鎮創建當初就存在的歌劇院。

儘管這棟輕易超越五十年歷史的建築物，隨處皆充滿老舊感，卻保有相當莊嚴的氣氛。

現在不僅沒有預定安排公演或表演，甚至超過一星期前，就開始以「部分改建中」的名目禁止他人進入。

深夜時分，平常總被沉默包圍的大廳，今宵情況卻略微不同。

老舊的鋪木地板舞台上，有場裝腔作勢的劇碼正在進行。

不僅沒有觀眾，也不存在劇本與演出，儘管如此見者卻仍會認為是戲劇的一幕。

此劇目究竟是悲劇或喜劇，僅待在舞台上的本人才能理解。

「試問，汝是我的主人嗎？」

這道聲音儘管年輕，籠罩著的厚重威嚴感卻足以彌補這點。

金色髮絲隨處參雜紅髮，身穿一眼看過去就能理解是「古代西洋貴族甚至王族」的莊嚴服裝的謎樣男子。

年齡是十幾歲後半或二十歲前半，臉龐雖然俊美，眼眸卻閃耀野獸般的銳利光輝，甚至令人產生見者皆會被吞噬的錯覺。

此人手上拿著一柄劍，上方殘留魔術性光輝的殘渣。

殘渣，換句話說——

這是就在剛才，該名英靈稍微揮舞過自身持有的劍所留下的痕跡。

是距離全力尚且遙遠的一擊。

話雖如此，揮劍的結果卻確實烙印於歌劇院內。

觀眾席從舞台看過去嚴重毀損，二樓與三樓席位徹底崩毀，由於部分天花板坍塌，所以還能略微窺見星空。

簡單來說——就是州內屈指可數以寬敞自豪的歌劇院，被他一揮劍就半毀。

這名男子交互望向倒在舞台上的一具屍體，與嚇到腿軟而跌坐在地的眼鏡女，像是為了讓她放心才這麼說。

「放心吧，似乎沒有一般民眾被捲進來。取而代之地，好像也讓賊人逃掉了……嗯，居然能從我手中逃跑，真是不得了的傢伙。不過，事到如今我也不能回頭了。」

眼鏡女聽聞男子彷彿為讓她安心才說的話後，眼前這名男子方才所說的單字，在她腦海裡復甦。

——「××××勝利之劍（Excalibur）」。

由於厲聲嘶吼的男子揮出的一擊，這棟偌大的建築物變成半毀。

女子重新確認過現狀後思忖。
為何自己會跑來這種地方。
「基於此，我再問一遍。」
女子對人生的一切感到懊悔並陷入愕然，男子對她如此說道。
與前一刻同樣的疑問，卻換成較為平易近人的說法。
「我能當妳是我的主人嗎？我如妳所見，職階是劍兵。既然妳能接受的話，就趕緊締結完契約——」

「不是。」

女子秒答。
「絕對不是。」
「什麼？」
面對雙眼圓瞪的男子，女子緩緩站起。
警報聲從遠處逐漸逼近。
救護車與警車雙方的聲響混雜，看來是察覺到歌劇院半毀的居民們引起嚴重騷動。

從她的袖口得以窺見兩手腕上浮起的花紋，散發令人毛骨悚然的光輝，簡直像與眼前的男子產生共鳴似的。

不過，她卻無視花紋的震盪，以及包含警報聲在內的喧囂人聲，只是奮力瞪向男子。

「我已經……不會再任憑你們擺布。」

然後，她將因畏怯而顫抖的聲音強壓回喉嚨深處，斬釘截鐵地清楚表示。

「別來……干涉我。」

染頭髮戴眼鏡的女子——沙條綾香(Ayaka Sajyo)，與揮舞不可思議之劍的騎士風男子。

這即是兩人的相遇。

於半毀的建築物中。

當謎樣屍體就在身旁的惡劣情況下，這二人認知到彼此的存在。

自此瞬間開始，由虛偽化為真實，奇妙的聖杯戰爭揭幕。

這名劍兵究竟是虛偽抑或真實。

此事尚無人知曉。

即使是籌謀一切的幕後黑手。

即使是被捲進來的魔術師們。
即使是以英雄王為首，無比強悍的使役者們。
或者，縱然是讓他顯現至此的聖杯意志，想必都無法斷言此事。

不過是造訪這座城鎮的綾香，為何會與自稱「劍兵」的英靈相遇。
或許這並非今朝昨夕，而是數年前就命中註定的事。

若論及此事，就必須從日本名叫冬木的城鎮上，在此糾纏不清的一則怪談開始說起。
從被稱為「蟬菜公寓的小紅帽」，在冬木半是化為都市傳說的怪談講起。

若要問理由，因為她正是那則怪談的——

next episode [Fake02]

CLASS

弓兵

主人	緹妮·契爾克
真名	吉爾伽美什
性別	男
身高·體重	182cm 68kg
屬性	混沌、善

肌力	B	魔力	A
耐久	B	幸運	A
敏捷	B	寶具	EX

保有技能

黃金律：A

指在人生方面，會有多少金錢伴其左右的宿命。

神性：B（A+）

代表與神交集的深度、【神靈適性】高度的技能。
雖然擁有最高級別的適性，卻因為厭惡神而降級。

職階別能力

對魔力：C　單獨行動：A

寶具

Enuma Elish
開天闢地創世之星

等級：EX　類別：對界寶具　範圍：1～99　最大捕捉：1000人
來自開天劍的空間切斷。既是神在開天闢地時所使用的力量，
就威力而言也算是所有寶具中最接近頂點的一擊。
若受寶庫中的寶具支援，則能更加提昇傷害。

Gate of Babyion
國王之財寶

等級：E～A++　類別：對人寶具　範圍：—
既為黃金鄉之王的寶庫，以及與其相關的鑰匙劍。
收納眾多寶具原典，或是人類發明的雛形與古往今來的財寶或珍品，且能自由拿取。
至於如何使用，理所當然端看使用者的技量。

CLASS
槍兵

主人	銀狼合成獸
真名	恩奇都
性別	無
身高、體重	自由自在
屬性	中立、中庸

肌力	—	魔力	—
耐久	—	幸運	—
敏捷	—	寶具	A++

保有技能

變容：A

能力值能從一定的綜合值根據情況重新分配，是自在人偶才有的特殊技能。
由於等級高故綜合值也高，從A提昇至A+需要兩個等級的份量。

感知氣息：A+

最高等級的感知氣息能力。能透過大地察覺遠距離的氣息，
若距離接近，連同等級的【遮蔽氣息】都能無效化。

職階別能力

對魔力：—（基於保有技能「變容」而能調整魔力值）

寶具

[redacted]

Enuma Elish
人啊，願與神維繫

等級：A++　類別：對整頓寶具　範圍：0～999　最大捕捉：1000人
恩奇都自身的身體化為一件神造兵器的能力。
注入名為阿賴耶與蓋亞的【抑止力】的力量後化為光之楔，
將龐大能量變換為世界能認知的形態，再貫穿對手的一擊。
會對星球或人類的破壞行為產生反應，致使威力急遽增加。

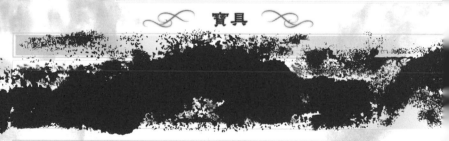

後記

因為所以，各位好，我是成田。

這部作品並非我的原創故事，而是來自名叫「Fate」的作品，以奈須きのこ老師與TYPE-MOON的各位所創造出的世界觀為基準的衍生小說。

在此先省略之所以會寫衍生作品的詳細過程，但本作原本是在愚人節時替「名為Fake的架空遊戲序章」所執筆的內容。因此，在該時機點是以槍兵的序章作結，然後身為真主角的「玩家」造訪城鎮，讓遊戲接續本篇──原本是以這種形式結束。

然而本回則變成以小說來撰寫後續的形式，讓我十分緊張。

由奈須きのこ老師與武內崇老師率領的「TYPE-MOON」的各位所創造出的「Fate」系列作。受到本系列世界觀的龐大能量點熱所帶來的結果，就是誕生出這部名叫《strange Fake》的作品。

該原典所創作出的「聖杯戰爭」這系統究竟如何有趣，與其讓我笨拙的口才描述，首先請各位先接觸絕贊發售中的PS2版、PS Vita版，還有發布在智慧型手機版上的「Fate」本篇，再來接觸才剛發售的「hollow ataraxia」，再來是其他作家撰寫出的《Zero》、《Apocrypha》、《Prototype》、

《氷室の天地》、《ロード・エルメロイII世の事件簿》、單機遊戲「EXTRA」系列、衍生漫畫的《魔法少女☆伊莉雅》，再來是這些作品的動畫化作品……對不起，到此先暫時告一個段落。

無論如何，作為這壯大洪流的一環，若能讓不認識「Fate」的人產生「想知道原典故事」的興趣，而 Fate 粉絲的各位能以「居然拿 Fate 的設定做這種蠢事，這傢伙是白痴！」這種觀賞B級鯊魚電影的態度，邊單手捧爆米花邊享受本作就好了！我會努力讓兩種類型的讀者都能盡情享受本故事……！

致 TYPE-MOON 粉絲的各位。

關於「最後登場的角色」，就當作是【與《Fate/Prototype》的她根本是不同宇宙的不同人】。關於「那她是《氷室の天地》裡登場的那位嗎？」這道問題，請容我給予【……也不能說完全沒關係……】這種答覆。

關於這部分也有不刻意提及，好讓各位陷入「難道是氷室の天地裡的她變壞了？」或「難道是從別的宇宙過來的……？」等混亂局面的作法，但這種手法已經先被其他衍生作品用過了，所以乾脆就反其道而行，刻意講明好讓各位讀者陷入「結果這傢伙是想怎樣啦」的混亂局面，往之後的篇章再解謎的方向走，還請各位多多指教。

想必在 Fate 粉絲的心中，也有許多人會想「這是 Fate 本篇之後的故事，但到底是哪條路線的未來？」關於這點實在很難說明，所以就當成「因為是偽典才有的謎之路線」，這種任憑各位想像的形式。

在餘章中「觀測者」的兩位翻動過很多頁數，這部分只要將當成每翻動一頁，「世界的路線」也會隨之變動即可。

關於吉爾和恩奇都，雖然奈須老師在CCC已經充分描寫過，但為了讓早就看膩兩人故事的讀者也能享受本作，請容我以稍微不同的「起點」來撰述故事（最大的不同點在第一集已經描述到）。

誠如奈須老師在解說中所言，本作給人「明明已經抵達軌道，曾幾何時居然起飛了」的感覺——但我還是相信，在「Fate」本篇的正式未來（該前進的軌道），也就是「解體戰爭」會由奈須老師本人親手在數十年內撰寫，請讓我奢侈地邊高空飛行邊作壁上觀吧！……雖然不排除有數秒後墜亡的可能性。

話雖如此，但此次還是有請奈須老師詳細又徹底地監修Fate的世界觀。

奈須老師：「以前我說過『艾梅洛的弟子全數獲得「王冠」位階』……那是騙人的。」

成田：「呀啊啊啊啊啊（Character material）！」

奈須老師：「來吧成田，把過去的設定全部扔掉吧！」

成田：「我才不怕設定不一致！混蛋，就讓我破壞殆盡！」

……先別管這勢頭，承蒙奈須老師親自告訴我「【最新式】魔術協會與聖堂教會的設定」，還幫忙監修不斷進化的 Fate 世界觀。餘章中出現的某大牌魔導元帥閣下的台詞更是特別重點式地監修過了！

接著，最後登場的「劍兵」雖然跟 Prototype 中的男性劍兵是不同人——但至於他是哪個國家的英靈——既然提示已經寫出好幾個了，希望各位能邊預測他是誰邊期待下回的故事。

在出版本書時剛好碰上《無頭騎士異聞錄 DuRaRaRa!!SH》同時上市，因此給 Fake 責編阿南，與無頭騎士責編和田添了天大麻煩。

在 Fate 衍生作品方面，我受到以虛淵玄老師、東出祐一郎老師、櫻井光老師、磨伸映一郎老師、三田誠老師為首的相關人等諸多關照。

幫忙進行部分使役者設定考據的 Team Barrel-roll。

幾乎以同時起步的形式描繪漫畫版《Fate/strange Fake》，也替本書繪製美妙插圖的森井しづき老師。

然後最重要的是，創造出名為 Fate 的作品，以及幫忙寫下精采解說的奈須きのこ老師 & TYPE-MOON 的各位——和閱讀本書的各位讀者。

真的非常感謝你們！

那麼，雖然可能會變成一條漫長的旅途，但就當成其他TYPE-MOON作品登場前的小菜，若各位能耐心陪伴我，我會非常感謝！

２０１４年11月　伴隨「琥珀ACE的英靈算官方設定嗎？」的迷惑。　成田良悟

■解說

奈須きのこ

來談談贗品變成真品的話題吧。

不論是高度抄襲或模仿，當其價值與原典的有所區別時，真偽的指針就會消失。

即使是偽典，若論述的內容包含創作者的信念在內，那該作品毫無疑問地將成為某人的真實。

◆

諸如此類，我在很清楚這個業界追究這方面的話題會很危險的情況下，儘管如此仍舊直言不諱地當作序文來論述這項禁忌。

各位讀者，初次見面。我是《Fate/stay night》的寫手奈須きのこ。

再來，首先恭喜《Fate/strange Fake》出刊。

本書有百分之九十五是來自成田良悟氏的創作，但有篇算是這約百分之五的基本設定的故事存在，那就是名叫「Fate/stay night」的小說遊戲。「Fate/stay night」是三篇故事構成一個世界的長篇幅遊戲，而其中一篇「Unlimited Blade Works」所探討的主題就是「贗品與真品」。

在那之後經過十四年的二〇一五年。

於成田良悟氏筆下所撰寫的本書《Fate/strange Fake》，則是以正面挑戰「偽典」的作風開始推動故事。

不對，誕生時間正確來說是二〇〇八年四月一日，每年一度跟各廠商間的意氣用事……不對，是每年一度拿來胡鬧的愚人節上，成田良悟氏在自己的網站上爽快刊載「我所構想的聖杯戰爭」則是此事的開端。

以「Fake」為標題的短篇，其內容的濃郁度，舞台選擇的有趣度，完成無法預料後續發展的故事構成，由於不斷傳出「當成謊言結束實在太可惜」的聲音，於是這次有請 TYPE-MOON 負責人武內崇正式委託成田良悟氏執筆。

「有點關於 Fake 的事想找你商量，能請你到事務所來一趟嗎？」

如此這般不動聲色地引誘成田氏步入自陣，當我們還在揣摩如何抓準時機說服他時，成田良悟氏卻雙眼閃爍光輝說道：

「因為擅自創作，我已經做好被罵的覺悟，但是卻能繼續寫下去對吧！太棒了！

——「話說回來，總之我已經先寫好五集份量的大綱，這樣沒問題嗎？」

居然反而被如此回擊。我記得之前確實也被某位 Zero 的作家如此回擊過，不過此事先暫時擱置一旁。

成田氏瞥一眼超退卻的武內崇後，再揭露這份壯大（你說還是短篇時就已經很壯大？但那不過是入口罷了哈哈哈）的整體構成。果然是最喜歡群像劇的作家發揮本領的時刻。

由於其認真程度實在非比尋常，我們心想「豈能只當成簡單的企畫了事」，而不敢疏忽大意地請電擊文庫幫忙，且對方也爽快承諾，於是企畫便朝各方面進展，最終甚至連「漫畫版 Fake」也同時出刊，在歷經這樣的事件下，本系列才能夠問世。

時機就在眼下，Just Now。

本書作家成田良悟花費數年時間所醞釀出的「聖杯戰爭」的醍醐味，再歌頌出的就是這篇序章。才只是序章就如此有趣，實在可怕。

到此為止仍是許多讀者早已知悉的事，不過是從六年前就開始謠傳的「某篇怪談」。

然而，接下來就是未知的內容，虛偽聖杯戰爭從這裡開始才是本篇。

以四月一日為開端的成田版聖杯戰爭究竟會如何發展。

自己身為一介讀者雖然期待到不行，卻也感到萬分不安。

若問為何——我說，成田先生。

你真的認為那份大綱「只寫五集」就能結束嗎？

◆

「Fate/stay night」的基本規則很簡單。

有能實現心願的聖杯在，有能成為其所有者而集結的七位魔術師（主人）在，成為他們的戰鬥代理人而被招來的昔日英靈——也就是使役者在。

一場聖杯戰爭會召喚出的使役者數量有七名——

使役者會依聖杯揀選而賦予七種職階，再將他們賜予主人們。

劍兵、槍兵、弓兵、騎兵、魔法師、刺客、狂戰士。

使役者隱藏自己的真實身分，同時與其他六騎廝殺到剩最後一組為止。

既然要追尋真理，就以汝的最強來證明吧。

誠如「Fate/stay night」的初期宣傳標語，一場愉快的大混戰開幕。自原典起歷時十年，只要能遵守基本規則，任何故事都能成為「Fate」的土壤，幸運的是「Fate」經過眾多作家之手而獲得新生。

但是，至今為止雖然有《Fate/Zero》、《Fate/Apocrypha》、《Fate/Prototype》等「Fate」誕生，但這部《Fake》的概念卻與這些外傳不同。

畢竟標題就叫「虛偽」。

所謂「Fake」即是原本不可能發生的未來卻成形。

是名叫成田良悟的作家，將TYPE-MOON的傳奇設定隨心所欲胡搞的平行世界。

例如恩奇都與吉爾的關係。雖然兩人在這個世界的神話中所抵達的終點，不論是「Fate/stay night」或《Fake》都一樣，但過程卻微妙不同。

若要刻意將每部作品的不同處加以分類的話……

Zero是「跟stay night相同條件卻微妙不同的世界」。

Apocrypha是「到中途為止相同，現在卻截然不同的其他世界」。

艾梅洛事件簿是「完全相同的世界，只是由於三田誠調味料的緣故，大氣濃度變得有點不同的濃密魔術故事」。

再來《strange Fake》則是「相同條件且迎向相同結局，但不知為何卻截然不同的世界」。

若要問為何如此，就是《Fake》的故事主題本身就是「虛偽」，明確提出跟stay night不同處的作法很好，而這只是一半理由。

至於另一半，該怎麼說呢。

我只能說，因為成田良悟是我們所認識的成田良悟。

——畢竟這男的居然會講這種話喔！「不只Fate的世界觀，我連月姬的設定都想參進去，想在奈須きのこ的庭院裡玩耍，不如說是想成為禪僧在きのこ寺的庭院裡表現宇宙，甚至想說想跟你同化，不，已經同化了。總之我想利用這個世界存在的一切，所以希望能先讓我看一下關於協會與教會的設定，如果是公司機密，那我就只好擅自去妄想，搞錯的話請給我NG信號。」

然後讓我很不甘心的是，他在這類「利用既有世界設定的手法」上實在非常拿手。這部分我在其他的輕小說早已知之甚詳，但沒想到自己會吃下這一記……是嗎，這就是成田嗎……

就是這麼回事，因此《Fake》並沒有在「stay night」鋪好的軌道上循規蹈矩前進，而是利用軌道騰空起飛，成為平行世界的「偽典」。

至於熟悉TYPE-MOON的各位玩家，我希望各位比起確切的整合性，能更享受本作的相似性。

例如吉爾與恩奇都，貞德與[redacted]。這部分如果完美配合其他先出刊的作品，那Fake與成田良悟的優點就會減少。這不僅讓人難過，就連推出「偽典」也將變得毫無意義。

這部是由一則故事中誕生，基於同樣構成材質、同樣創作理念下所完成的不同故事。

我希望任何讀者都能以此為前提，以嘗鮮心態面對未知的「聖杯戰爭」。這篇故事絕對不會背叛你，因為這點早在這本第一集證明過了。

接連不斷被召喚出的規格外特例們。

各種拼圖的撿拾與利用方式，越是熟悉作品世界就越會感嘆與驚愕。

對各種經典劇情都耗盡的F的世界，投擲從外角過來的魔球。

這是來自一位身具才華的作家將原作徹底拋開的絕佳報復。

「居然給我做這麼有趣的事！我絕對要加倍奉還！」

竟然能用這種決勝台詞替作品昇華，且再次與正面傳遞愛過來的作家相遇，《strange Fake》，我對這份幸運感激不盡。

最終此柄魔劍是否能將奈須きのこ的骨肉斬斷，並粉碎心鐵呢。

那麼——歡迎來到充滿陰謀與波亂的架空都市史諾菲爾德。

國家圖書館出版品預行編目資料

Fate/strange Fake / TYPE-MOON原作；成田良悟作；北太平洋譯. -- 初版. -- 臺北市 : 臺灣角川, 2016.06-

冊； 公分

譯自 : Fate/strange fake

ISBN 978-986-473-147-3(第1冊 : 平裝)

861.57 105006844

Kadokawa
Fantastic
Novels

Fate/strange Fake 1

（原著名：Fate/strange Fake 1）

2016年6月27日 初版第1刷發行
2023年6月30日 初版第7刷發行

作者：成田良悟
原作：TYPE-MOON
插畫：森井しづき
日版設計：WINFANWORKS
譯者：北太平洋

發行人：岩崎剛人
總編輯：蔡佩芬
編輯：黃怡珮
美術設計：莊捷寧
印務：李明修（主任）、張加恩（主任）、張凱棋

發行所：台灣角川股份有限公司
地址：104台北市中山區松江路223號3樓
電話：（02）2515-3000
傳真：（02）2515-0033
網址：www.kadokawa.com.tw
劃撥帳戶：台灣角川股份有限公司
劃撥帳號：19487412
法律顧問：有澤法律事務所
製版：尚騰印刷事業有限公司
ISBN：978-986-473-147-3